朝向漢語的邊陲

當代詩
敘論與導讀

楊小濱

目次。

敘論・詩史

佳作論析

新經典導讀

經典評註

敘論・詩史

朝向漢語的邊陲
——《中國當代詩典》總序

　　中國當代詩的發展可以看作是朝向漢語每一處邊界的勇猛推進，而它的起源也可以追溯出頗為複雜的線索。1960年代中後期張鶴慈（北京，1943-）和陳建華（上海，1948-）等人的詩作已經在相當程度上改變了主流詩歌的修辭樣式。如果說張鶴慈還帶有浪漫主義的餘韻，陳建華的詩受到波特萊爾的啟發，可以說是當代詩中最早出現的現代主義作品，但這些作品的閱讀範圍當時只在極小的朋友圈子內，直到1990年代才廣為流傳。1970年代初的北京，出現了更具衝擊力的當代詩寫作：根子（1951-）以極端的現代主義姿態面對一個幻滅而絕望的世界，而多多（1951-）詩中對時代的觀察和體驗也遠遠超越了同時代詩人的視野，成為中國當代詩史上的靈魂人物。

　　對我來說，當代詩的概念，大致可以理解為對以北島（1949-）和舒婷（1952-）等人為代表的朦朧詩的銜接，其轉化與蛻變的意味值得關注。朦朧詩的出現，從某種意義上可以看作官方以招安的形式收編民間詩人的一次努力。根子、多多和芒克（1951-）的寫作自始未被認可為朦朧詩的經典，既然連出現在《詩刊》的可能都沒有，也就甚至未曾享受遭到批判的待遇，直到1980年代中後期才漸漸浮出地表。我們應該可以

說，多多等人的文化詩學意義，是屬於後朦朧時代的。才華出眾的朦朧詩人顧城在1989年六四事件後寫出了偏離朦朧詩美學的《鬼進城》等傑作，卻不久以殺妻自盡的方式寫下了慘痛的人生詩篇。除了揮霍詩才的芒克之外，嚴力（1954-）自始至終就顯示出與朦朧詩主潮相異的機智旨趣和宇宙視野；而同為朦朧詩人的楊煉（1955-），在1980年代中期即創作了《諾日朗》這樣的經典作品，以各種組詩、長詩重新跨入傳統文化，由於從朦朧詩中率先奮勇突圍，日漸成為朦朧詩群體中成就最為卓著的詩人。同樣成功突圍的是游移在朦朧詩邊緣的王小妮（1955-），她從1980年代後期開始以尖銳直白的詩句來書寫個人對世界的奇妙感知，成為當代女性詩人中最突出的代表。如果說在1970年代末到1980年代初，朦朧詩仍然帶有強烈的烏托邦理念與相當程度的宏大抒情風格，從1980年代中後期開始，朦朧詩人們的寫作發生了巨大的轉化。

這個轉化當然也體現在後朦朧詩人身上。翟永明（1955-）被公認為後朦朧時代湧現的最優秀的女詩人，早期作品受到自白派影響，挖掘女性意識中的黑暗真實，爾後也融入了古典傳統等多方面的因素，形成了開闊、成熟的寫作風格。在1980年代中，翟永明與鐘鳴（1953-）、柏樺（1956-）、歐陽江河（1956-）、張棗（1962-2010）被稱為「四川五君」，個個都是後朦朧時代的寫作高手。柏樺早期的詩既帶有近乎神經質的青春敏感，又不乏古典的鮮明意象，極大地開闊了漢語詩的表現力。在拓展古典詩學趣味上，張棗最初是柏樺的同行者，爾後日漸走向更極端的探索，為漢語實踐了非凡的可能性。在

「四川五君」中，鐘鳴深具哲人的氣度，用史詩和寓言有力地書寫了當代歷史與現實。歐陽江河的寫作從一開始就將感性與理性出色地結合在一起，將現實歷史的關懷與悖論式的超驗視野結合在一起，抵達了恢宏與思辨的驚險高度。

後朦朧詩時代起源於1980年代中期，一群自我命名為「第三代」的詩人在四川崛起，標誌著中國當代詩進入了一個新階段。1980年代最有影響的詩歌流派，產自四川的佔了絕大多數。除了「四川五君」以外，四川還為1980年代中國詩壇貢獻了「非非」、「莽漢」、「整體主義」等詩歌群體（流派和詩刊）。如周倫佑（1952-）、楊黎（1962-）、何小竹（1963-）、吉木狼格（1963-）等在非非主義的「反文化」旗幟下各自發展了極具個性的詩風，將詩歌寫作推向更為廣闊的文化批判領域。其中楊黎日後又倡導觀念大於文字的「廢話詩」，成為當代中國先鋒詩壇的異數。而周倫佑從1980年代的解構式寫作到1990年代後的批判性紅色寫作，始終是先鋒詩歌的領頭羊，也幾乎是中國詩壇裡後現代主義的唯一倡導者。莽漢的萬夏（1962-）、胡冬（1962-）、李亞偉（1963-）、馬松（1963-）等無一不是天賦卓絕的詩歌天才，從寫作語言的意義上給當代中國詩壇提供了至為燦爛的景觀。其中萬夏與馬松醉心於詩意的生活，作品惜墨如金但以一當百；李亞偉則曾被譽為當代李白，文字瀟灑如行雲流水，在古往今來的遐想中妙筆生花，充滿了後現代的喜劇精神；胡冬1980年代末旅居國外後詩風更為逼仄險峻，為漢語詩的表達開拓出難以企及的遙遠疆域。以石光華（1958-）為首的整體主義還貢獻了才華橫溢的宋煒

（1964-）及其胞兄宋渠（1963-），將古風與現代主義風尚奇妙地糅合在一起。

毫不誇張地說，川籍（包括重慶）詩人在1980年代以來的中國詩壇佔據了半壁江山。在流派之外，優秀而獨立的詩人也從來沒有停止過開拓性的寫作。1980年代中後期，廖亦武（1958-）那些囈語加咆哮的長詩是美國垮掉派在中國的政治化變種，意在書寫國族歷史的寓言。蕭開愚（1960-）從1980年代中期起就開始創立自己沉鬱而又突兀的特異風格，以罕見的奇詭與艱澀來切入社會現實，始終走在中國當代詩的最前列。顯然，蕭開愚入選為2007年《南都週刊》評選的「新詩90年十大詩人」中唯一健在的後朦朧詩人，並不是偶然的。孫文波（1956-）則是1980年代開始寫作而在1990年代成果斐然的詩人，也是1990年代中期開始普遍的敘事化潮流中最為突出的詩人之一，將社會關懷融入到一種高度個人化的觀察與書寫中。還有1990年代的唐丹鴻（1965-），代表了女性詩人內心奇異的機器、武器及疼痛的肉體；而啞石（1966-）是1990年代末以來崛起的四川詩人，以重新組合的傳統修辭給當代漢語詩帶來了跌宕起伏的特有聲音。

1980年代的上海，出現了集結在詩刊《海上》、《大陸》下發表作品的「海上詩群」，包括以孟浪（1961-）、郁郁（1961-）、劉漫流（1962-）、默默（1964-）、京不特（1965-）等為主要骨幹的以倡導美學顛覆性及介入性寫作風格的群體，和以陳東東（1961-）、王寅（1962-）、陸憶敏（1962-）等為代表的較具學院派知性及純詩風格的群體，從

不同的方向為當代漢語詩提供了精萃的文本。幾乎同時創立的「撒嬌派」，主要成員有京不特、默默、孟浪等，致力於透過反諷和遊戲來消解主流話語的語言實驗，也頗具影響。無論從政治還是美學的意義上來看，孟浪的詩始終衝鋒在詩歌先鋒的最前沿，他發明了一種荒誕主義的戰鬥語調，有力地揭示了歷史喜劇的激情與狂想，在政治美學的方向上具有典範性意義。而陳東東的詩在1980年代深受超現實主義影響，到了1990年代之後則更開闊地納入了對歷史與社會的寓言式觀察，將耽美的幻想與險峻的現實嵌合在一起，鋪陳出一種新的夢境詩學。1980年代的上海還貢獻了以宋琳（1959-）等人為代表的城市詩，而宋琳在1990年代出國後更深入了內心的奇妙圖景，也始終保持著超拔的精神向度。1990年代後上海崛起的詩人中最引人注目的是復旦大學畢業後定居上海的韓博（1971-，原籍黑龍江），他近年來的詩歌寫作奇妙地嫁接了古漢語的突兀與（後）現代漢語的自由，對漢語的表現力作了令人震驚的開拓。還有行事低調但詩藝精到的女詩人丁麗英（1966-），在枯澀與奇崛之間書寫了幻覺般的日常生活。

　　與上海鄰近的江南（特別是蘇杭）地區也出產了諸多才子型的詩人，如1980年代就開始活躍的蘇州詩人車前子（1963-）和1990年代之後形成獨特聲音的杭州詩人潘維（1964-）。車前子從早期的清麗風格轉化為最無畏和超前的語言實驗，而潘維則以現代主義的語言方式奇妙地改換了江南式婉約，其獨特的風格在以豪放為主要特質的中國當代詩壇幾乎是獨放異彩。而以明朗清新見長的蔡天新（1963-）雖身居

杭州但足跡遍布五洲四海，詩意也帶有明顯的地中海風格。影響甚廣的于堅（1954-）、韓東（1961-）和呂德安（1960-）曾都屬於1980年代以南京為中心的他們文學社，以各自的方式有力地推動了口語化與（反）抒情性的發展。

朦朧詩的最初源頭，中國最早的文學民刊《今天》雜誌，1970年代末在北京創刊，1980年代初被禁。「今天派」的主將們，幾乎都是土生土長的北京詩人。而1980年代中期以降，出自北京大學的詩人佔據了北京詩壇的主要地位。其中，1989年臥軌自盡的海子（1964-1989）可能是最為人所知的，海子的短詩尖銳、過敏，與其宏大抒情的長詩形成了鮮明對比。海子的北大同學和密友西川（1963-）則在1990年後日漸擺脫了早期的優美歌唱，躍入一種大規模反抒情的演說風格，帶來了某種大氣象。臧棣（1964-）從1990年代開始一直到新世紀不僅是北大詩歌的靈魂人物，也是中國當代詩極具創造力的頂尖詩人，推動了中國當代詩在第三代詩之後產生質的飛躍。臧棣的詩為漢語貢獻了至為精妙的陳述語式，以貌似知性的聲音扎進了感性的肺腑。出自北大的重要詩人還包括清平（1964-）、西渡（1967-）、周瓚（1968-）、姜濤（1970-）、席亞兵（1971-）、冷霜（1973-）、胡續冬（1974-）、陳均（1974-）、王敖（1976-）等。其中姜濤的詩示範了表面的「學院派」風格能夠抵達的反諷的精微，而胡續冬的詩則富於更顯見的誇張、調笑或情色意味，二人都將1990年代以來的敘事因素推向了另一個高度。胡續冬來自重慶（自然染上了川籍的特色），時有將喜劇化的方言土語（以及時興的網路語言或亞文

化語言）混入詩歌語彙。也是來自重慶的詩人蔣浩（1971-）在詩中召喚出語言的化境，將現實經驗與超現實圖景溶於一爐，標誌著當代詩所攀援的新的巔峰。同樣現居北京，來自內蒙古的秦曉宇（1974-），也是本世紀以來湧現的優秀詩人，詩作具有一種鑽石般精妙與凝練的罕見品質。原籍天津的馬驊（1972-2004）和原籍四川的馬雁（1979-2010），兩位幾乎在同齡時英年早逝的天才，恰好曾是北大在線新青年論壇的同事和好友。馬驊的晚期詩作抵達了世俗生活的純淨悠遠，在可知與不可知之間獲得了逍遙；而馬雁始終捕捉著個體對於世界的敏銳感知，並把這種感知轉化為表面上疏淡的述說。

　　當今活躍的「60後」和「70後」詩人還包括現居北京的莫非（1960-）、殷龍龍（1962-）、樹才（1965-）、藍藍（1967-）、侯馬（1967-）、周瑟瑟（1968-）、朱朱（1969）、安琪（1969-）、王艾（1971-）、成嬰（1971-）、呂約（1972-）、朵漁（1973-），河南的森子（1962-）、魔頭貝貝（1973-），黑龍江的潘洗塵（1964-）、桑克（1967-），山東的宇向（1970-）孫磊（1971-）夫婦和軒轅軾軻（1971-），安徽的余怒（1966-）和陳先發（1967-），江蘇的黃梵（1963-）、楊鍵（1967），浙江的池凌雲（1966-）、泉子（1973-），廣東的黃禮孩（1971-），海南的李少君（1967-），現居美國的明迪（1963-）等。森子的詩以極為寬闊的想像跨度來觀察和創造與眾不同的現實圖景，而桑克則將世界的每一個瞬間化為自我的冷峻冥想。同為抒情詩人，女詩人藍藍通過愛與疼痛之間的撕扯來體驗精神超越，王艾則一次又一次排練了戲

劇的幻景，並奔波於表演與旁觀之間，而樹才的詩從法國詩歌傳統中找到一種抒情化的抽象意味。較為獨特的是軒轅軾軻，常常通過排比的氣勢與錯位的慣性展開一種喜劇化、狂歡化的解構式語言。而這個名單似乎還可以無限延長下去。

　　1989年的歷史事件曾給中國詩壇帶來相當程度的衝擊。在此後的一段時期內，一大批詩人（主要是四川詩人，也有上海等地的詩人）由於政治原因而入獄或遭到各種方式的囚禁，還有一大批詩人流亡或旅居國外。1990年代的詩歌不再以青春的反叛激情為表徵，抒情性中大量融入了敘述感，邁入了更加成熟的「中年寫作」。從1980年代湧現的蕭開愚、歐陽江河、陳東東、孫文波、西川等到1990年代崛起的臧棣、森子、桑克等可以視為這一時期的代表。1990年代以來，儘管也有某些「流派」問世，但「第三代詩」時期熱衷於拉幫結夥的激情已經消退。更多的詩人致力於個體的獨立寫作，儘管無法命名或標籤，卻成就斐然。1990年代末的「知識分子寫作」與「民間寫作」的論戰雖然聲勢浩大，卻因為糾纏於眾多虛假命題而未能激發出應有的文化衝擊力。2000年以來，儘管詩人們有不同的寫作趨向，但森嚴的陣營壁壘漸漸消失。即使是「知識分子寫作」的代表詩人，其實也在很大程度上以「民間寫作」所崇尚的日常口語作為詩意言說的起點。從今天來看，1960年代出生的「60後」詩人人數最為眾多，儼然佔據了當今中國詩壇的中堅地位，而1970年代出生的「70後」詩人，如上文提到的韓博、蔣浩等，在對於漢語可能性的拓展上，也為當代詩作出了不凡的探索和貢獻。近年來，越來越多的「80後詩人」在前人

開闢的道路盡頭或途徑之外另闢蹊徑，也日漸成長為當代詩壇的重要力量。

　　中國當代詩人的寫作將漢語不斷推向極端和極致，以各異的嗓音發出了有關現實世界與經驗主體的精彩言說，讓我們聽到了千姿萬態、錯落有致的精神獨唱。作為叢書，《中國當代詩典》力圖呈現最精萃的中國當代詩人及其作品。在選擇標準上，有多方面的具體考慮：首先是盡量收入尚未在台灣出過詩集的詩人。當然，也有少數出過詩集，但仍有令人興奮的新作可以期待產生相當影響的。即便如此，仍割捨了多位本來應當入選的傑出詩人，留待日後推出。願《中國當代詩典》中傳來的特異聲音為台灣當代詩壇帶來新的快感或痛感。

※本文原刊《中國當代詩典》第二輯（共15冊）各冊書前總序

再造神奇之境
——超現實主義與中國當代詩

　　中國第三代詩潮洶湧蓬勃的1980年代，與歐洲超現實主義出現那個時代十分相似：各種運動、流派、口號漫天亂舞，令人眼花繚亂。不過，在這兩個不同的世代裡，亂象都無法掩蓋真正的藝術創舉，而最具創造力的詩人、藝術家總是通過對固有創作模式的叛逆和變異，開拓出另類的、劃時代的美學路徑。1980年代也是中國青年人在長久的文化封閉狀態後，幾乎是一夜之間整體地接觸到二十世紀西方現代主義文學藝術的時代。而歐洲的超現實主義文學藝術，因為其對於長期以來佔據了中國文藝統治地位的寫實主義原則的背離，成為不少文革後新一代創作者追隨的範本，也強烈地啟迪了中國當代詩的寫作。

　　在眾多的中國當代詩人裡，陳東東可能屬於少數幾位較為明確地承認受到過歐洲超現實主義的影響。對陳東東而言最為關鍵的一位是希臘超現實主義詩人埃利蒂斯（Odysseas Elytis），而埃利蒂斯則是在青年時代從法國超現實主義詩人艾呂雅（Paul Éluard）那裡獲得了新的詩學靈感。在一次訪談中，陳東東表示：「用語言演奏內心的音樂……就是我從埃利蒂斯那兒得到的詩歌概念」。這裡，所謂「內心的音樂」，在

我看來除了與陳東東的音樂家庭背景有隱秘的聯接，也與超現實主義的理論背景——精神分析學裡——有關無意識的觀念密切相關：音樂作為一種非表意的藝術語言，不同於新詩傳統中常態的抒情模式，它不直接表達表面的、顯見的意義，而是旨在傳遞陳東東所說的「內心的」，也就是深藏在無意識深處的感受，這種感受絕不是日常語言能夠表達的對象。正如陳東東在同一篇訪談中說的：「我一直認為音樂要比我們所聽到的更為內在。或許人的靈魂狀態就是音樂式的。」這裡所說的靈魂並不意味著具有宗教意味的不朽精神，而是指潛藏在日常思維下面的那個混沌的精神空間。

眾所周知，超現實主義，尤其是布勒東（André Breton）的寫作理念，在很大程度上來自弗洛伊德精神分析學，特別是《夢的解析》。布勒東明確表示：「我們必須感謝弗洛伊德的發現，想像力似乎到了再度贏得其權利的時刻。」儘管弗洛伊德本人並不認可布勒東對他理論的這種挪用，超現實主義致力於發掘夢境般的幻覺、變異的視景、奇特的語詞效果，拓展了藝術與文學的想像邊界。夢境所呈現的那種對於日常現實來說不可能的事物或場景，正是超現實主義試圖探索的藝術視域。比如，奇里科（Giorgio de Chirico）、達利（Salvador Dalí）、馬格利特（René Magritte）、德爾沃（Paul Delvaux）等超現實主義畫家都在繪畫技法上或多或少承襲了寫實的傳統，但熱衷於表現相對於日常現實而言不可思議的畫面。

可以料想的是，超現實主義繪畫比文學更直接地影響到中國當代詩，因為視覺的衝擊比起文字的隔靴搔癢更能訴諸

感性。所以在陳東東早期（1980年代中）的詩裡，就已經有諸如「把燈點到石頭裡去」（〈點燈〉）、「細沙的腰肢／玉簪花之乳，鎖眼正被我慢慢打開」（〈偶然說起〉）或「黎明像一只明亮的柑桔被夜色掰開」（〈黎明〉）這樣頗有超現實主義畫面感的詩句。而「雨中的馬也註定要奔出我的記憶」（〈雨中的馬〉）和「黑暗裡會有人把句子點燃」（〈殘年〉）這樣的詩句則更是融合了具象與抽象的超現實幻境，超越了視覺藝術可能抵達的邊界，用文字營造出現實所不可能呈現的奇妙圖景。布勒東曾經斷言超現實主義運動的目標就是要追求「神奇」的效果，因為「神奇暗示了反抗，換言之亦即是反動」——而這種神奇在夢境中達到了頂峰。在陳東東早期的不少詩裡，比如〈傳燈〉、〈詩人蒲寧在巴黎過冬〉、〈夏日之光〉、〈偶然說起〉、〈春天：場景和獨白〉等，「夢境」一詞反復出現，顯示出對超現實景觀的迷戀。而陳東東的近作，長詩〈解禁書〉，則構築了一個類似奇里科繪畫的空間：內陰莖廣場、聖像柱、陽光和陰影，構成了一個迷宮般的回樓，一座深不可測的監獄。奇里科式的神秘廣場變異為東方的陰森建築，但無疑是夢境般壓抑和危險的超現實境遇。

當然，夢境不是超現實的全部。比如馬格利特的畫作，雖然也有夢境的樣貌，但聚焦於具有悖論特性的景觀，比如面對鏡子卻映出背影（〈被禁的複製〉）、一雙靴子或高跟鞋狀如真腳並且十趾歷歷可見（〈紅色模型〉、〈閨房的哲學〉）、一個裸女站在窗口因而上半身染上了窗外的藍天白雲（〈黑色魔法〉）等。這一類的超現實主義表達樣式在歐陽江

河的詩作裡尤其顯著。歐陽江河也致力於營造各種具有悖論色彩的似是而非的陳述。在〈去雅典的鞋子〉一詩裡，歐陽江河筆下的鞋子就不得不令人想起馬格利特〈紅色模型〉的鞋子，二者都讓鞋子長出了腳：「一雙氣味擾人的鞋要走出多遠／才能長出適合它的雙腳？」歐陽江河的不少詩也不乏像馬格利特一樣把身體和現實景觀拼合到一起的。比如他的新作〈鳳凰〉裡就有這樣的詩句：「升降梯，從腰部以下的現實／往頭腦裡升，一直上升到積雪和內心／之峰頂，工作室與海／彼此交換了面積和插孔。」與馬格利特不同的是，歐陽江河的超現實主義帶有相當程度的批判性，因為與身體交融的並不是馬格利特畫中經常出現的自然主題，而是歐陽江河詩中較多關注的現代文明。

　　從某種意義上說，超現實主義正是通過非邏輯的表達來探尋內在和外在世界的隱秘訊息。蕭開愚寫於1990年代中後期的〈北站〉也是一首帶有強烈超現實意味的詩作，也同樣具有冷峻的批判性。北站指的是上海的老火車站，那裡永遠蜂擁著來自或去往全國各地的底層群眾。蕭開愚把這樣一種場面轉化成富於超現實詩意的現實關照，從第一行「我感到我是一群人」一直到最後一行「我感到我的腳裡有另外一雙腳」，蕭開愚持續探索著某種極端的、有悖常理的感知狀態，但這種心理狀態又恰恰是現實所賦予的。意象的疊加和自我生成令人想起艾雪（M. C. Escher）的版畫作品，比如他的〈畫廊〉裡的畫幅最終包含了觀畫者和畫作自身，或者〈畫圖的手〉裡左手和右手是相互繪製出來的鉛筆畫。埃舍爾也常常被歸類到廣義的超

現實主義內，因為他創造的圖景具有高度的悖反性。而「女兒有狂風形狀」（〈舊京三首〉）這樣的描繪讓人聯想到的不但有表現主義畫家科柯施卡（Oskar Kokoschka）的〈風中的新娘〉，也有超現實主義畫家夏卡爾（Marc Chagall）的〈散步〉或〈小鎮上空〉中風一樣飛起來的女性。

當然，超現實主義不僅僅能夠營造奇詭甚至不可能的畫面感，也可以鋪展非邏輯的事件或過程。蕭開愚在〈學習之甜‧二、員警的第二個問題〉裡所描繪的荒誕場景──「樓下鄰居來／我家門口看風景，又進屋看我們玩牌，／／但我們不認識他呀」或「電話徹夜響，／沒人向我們說話」──堪比超現實主義導演布紐埃爾（Luis Buñuel）的電影《中產階級拘謹的魅力》裡持續被驚醒的各種窘迫夢境或〈自由的幽靈〉裡各種貌似正常的錯亂行徑和怪異境遇。

在那些直接題獻給超現實主義大師的詩作裡，孫文波的〈獻給布勒東〉和臧棣的〈紀念保羅‧克利叢書〉尤其引人注目。孫文波在關於〈獻給布勒東〉一詩的「創作談」裡明確表示他有意地「意象的生成更多隨意性……意象與意象之間的關係儘量不具有邏輯性，以便讓它們產生最大的詞語張力」，或多或少地追隨了超現實主義「自動寫作」的方法，也暗合了布勒東這樣的論斷：「詩所能熱望的最大力量是比較兩件事物，這兩件事物愈是隔離得愈遠愈好，或者，用任何可能的方法，使這兩件事物很唐突地、很有力量地遭遇在一起。」在這首詩裡，「語言的火車轟隆隆駛過」時，詩人眼中的也出現了「叫蝴蝶的女人」或「叫小提琴的女人」等幻象，而這樣的幻

象的確超越了畫面能夠表現的範圍，只能依賴語言，是只有「語言的火車」才能駛過的風景。

臧棣的〈紀念保羅‧克利叢書〉寫到了「你決定讓她不穿衣服，躺在樹杈上」，想必應該是取材自克利（Paul Klee）的版畫《樹上的處女》。臧棣還寫道，「而在以前，她只習慣躺在沙發上，或床上。／……／僅僅是改變背景，就改變了一個人的未來。」詩中回憶了詩人少年時的藝術與生活經驗，並且超現實主義式地想像「我的身體會變成一棵棗樹。」如果說克利把裸女放到樹杈上的做法實踐了布勒東將兩件本來遙遠的事物唐突地並置在一起的觀念，臧棣將身體與樹這兩件事物的武斷合一可能更極端地體現了超現實主義的「神奇」原則。在臧棣的詩中，這樣的超現實主義神奇可以說俯拾皆是，比如「你的淚水是彩虹的繃帶」（〈慧根叢書〉），又比如「小胡同不知道語言的深淺，／從銀亮的月光中／擼出一隻細瘦的胳膊／向物質的新娘摸去。」（〈城市詩〉）

更年輕的七零後詩人蔣浩也有過「你每次問我海的形狀時，／我都應該拎回兩袋海水。／這是海的形狀，像一對眼睛」這樣的超現實詩句。無論如何，中國當代詩的成就和貢獻還在於從超現實主義的精神出發，超越了超現實主義藝術實踐中的意象至上現象。其實弗洛伊德在《夢的解析》裡也強調了「夢境形式」（相對於「夢境內容」）的關鍵意義。那麼，我們也就不難理解，中國當代詩學的超現實主義開拓更在於發明語式的「神奇」。在這個意義上，我們才能理解諸如「我手握無限死街和死巷／成了長廊，我丟失了的我／含芳回來」

（蕭開愚〈致傳統‧琴臺〉），或者「我把鬧鐘牛奶般飲下
不致尖叫你。／那個熟睡得溢滿室內的你」（張棗〈那天清
晨〉），或者「這厚厚的灰雲就像一桿秤，／秤完了懸崖和
大海，秤完了／千里迢迢，又主動跑來／要秤小日子和大無
畏」（臧棣〈反差叢書〉）這樣一些不僅營造了視像上的奇
觀，更創造了無法歸結於視像的各種語詞奇境。在這些奇境
中，超現實主義的原則獲得了發揚光大，夢境甚至可能是無法
以可視的畫面呈現出來的，但語言無疑有著將不可能化為可能
的超現實能力。

論兩岸當代詩的幾個核心問題

兩岸當代詩的起源與背景

　　兩岸當代詩的概念，大致上是以一批1950年左右出生的詩人為起點，1970-1980年代以來的新詩寫作為範圍的。不過，在大陸，最早的當代詩也許可以追溯到1960年代中後期張鶴慈（北京，1943年生）和陳建華（上海，1948年生）等人的寫作。比如在張鶴慈的〈生日〉（1965）裡，「頓點的一滴淚、／刪節號的嗚咽……／杯裡，四五塊閃閃的月／風讀著，無字的書」，在相當程度上拓展了詩的修辭樣式。陳建華在〈空虛〉（1968）裡寫道：「這城市的面容像一個肺病患者／徘徊在街上，從一端到另一端。」如果說張鶴慈還帶有浪漫主義的餘韻，陳建華的詩直接受到波特萊爾的啟發，可以說是當代詩中最早出現的現代主義作品。可惜的是，陳建華作品的閱讀範圍當時只在極小的朋友圈子內，直到1990年代才初見天日。到了1970年代初，出現了更具影響力的當代詩作品，如根子的〈三月與末日〉（1971）在十九歲時就已經面對一個幻滅的世界：「我／看見過足足十九個一模一樣的春天／一樣血腥假笑，一樣的／都在三月來臨。」多多的〈當人民從乾酪上站

起〉（1972）中「歌聲，省略了革命的血腥／八月像一張殘忍的弓／惡毒的兒子走出農舍／攜帶著煙草和乾燥的喉嚨」對時代的觀察和體驗也遠遠超越了同時代詩人的視野。根子的詩在1970年代初北京的知識份子沙龍裡廣為傳播，直接啟發了多多的寫作，而多多則已成為中國當代詩史上的靈魂人物。

相應於根子、多多和芒克所形成的「白洋澱詩派」，臺灣的當代詩最早應當從「龍族詩派」的蘇紹連，以及陳黎在1960年代末和1970年代初的寫作開始。在蘇紹連最初創作的一批詩裡，就已經出現了在前人作品中未曾見過的氣象，比如蘇紹連的〈秋之樹〉（1969）：「樹們咳嗽咳嗽而肺葉凋落了／一口濃痰；一口血絲隱現的秋。／樹們的手都握住水；沒握住水／一滴滴滑落。枯竭。」這裡，對意象的超現實處理以某種特異的方式引入了疾病與失敗的感受。還有〈月升〉（1970）中「（一群鳥如放煙火從谷底把月光彈出）夜鶯本來就沒歌好唱」以解構的、反浪漫主義的方式來書寫月夜的景色。在陳黎1970年代的詩裡，我們也可以讀到「中山北路，你的亢奮被輾成六聲道的呻吟／肉身臃腫，盡吃牛排也健康不起來／左方一個大乳房因為生癌，停業五天／肚臍以東，乳頭們依舊等人按鈴」（〈中山北路〉1974）這樣出格的詩句，都市場景被比作醜陋和病態的肉身。這裡，諸如「乳頭」這樣的詞語，將抒情主體的聲音也下降到了粗鄙的層面。

可以看出的是，兩岸當代詩的發展由於所面對的不同歷史文化背景和不同的新詩傳統而從一開始就產生了明顯的差異。臺灣的當代詩面對的首先是當時日漸經典化的現代主

義，也就是以紀弦創立的現代派和洛夫、張默、瘂弦等人發起的創世紀為代表的臺灣現代詩。蘇紹連算是龍族詩社的詩人（陳黎也曾被選入龍族的詩選），而龍族詩社的宗旨在相當程度上是試圖從臺灣現代詩的疆域之外開闢出新的道路。《龍族詩刊》刊登過不少對余光中、洛夫等人的評論，顯示出繼承與反叛的雙重面向。而詩歌寫作本身，在某種意義上也具有評點和重寫現代派的特性。上文所引的蘇紹連的〈秋之樹〉出現了「濃痰」這樣令人不安的意象，一方面開啟了日後以唐捐為代表的「體液寫作」，另一方面也是對前行詩人作品的重新書寫。「痰」的意象恰好在余光中和洛夫的詩中都曾出現，如「飲真靈感，如飲純酒精／即隨地吐痰／也吐出一道虹來……」（余光中〈狂詩人〉，1961），和「我們確夠疲憊，不足以把一口痰吐成一堆火」（洛夫〈石室之死亡〉，1958/1965）。不過，可以看出，在余光中和洛夫筆下，骯髒的「痰」是即刻要昇華為「虹」或者「火」的，而在蘇紹連那裡，「一口濃痰」本身便是病態的結局，這在美學上形成的差異是不容小覷的。蘇紹連和陳黎的詩都具有相當程度的後現代特質，用病態和粗鄙的美學解構了主流現代詩的高亢聲音。

而根子、多多和芒克所面對的則是一個革命文藝佔據主導地位的時代。現代詩傳統在中國大陸是斷裂的：無論是李金髮、聞一多的象徵主義還是卞之琳、穆旦的現代主義都不曾在當代詩歌史上產生過實質的影響。無論是多多對「歌聲，省略了革命的血腥」的敏銳感知，還是芒克對「太陽升起來／天空——這血淋淋的盾牌」的直觀描繪，都更多的是對主導的

革命美學的另類回應[1]。除了過於超前而不合時宜的根子之外（根子的詩必須另文探討），在多多和芒克的詩裡，到日後北島的詩裡，主體的聲音基本是激昂的，可以對應於洛夫的「我以目光掃過那座石壁／上面即鑿成兩道血槽」所體現的戰爭經驗。北島的詩，即使是像「在沒有英雄的年代裡，／我只想做一個人」這樣的詩句，也充分體現了某種英雄式的語調。

當代詩與後現代主體

1980年代中後期，中國大陸出現了具有後現代特質的當代詩作，作為對朦朧詩一代的偏離，英雄變異為莽夫或痞子，這構成了第三代詩的某種典型形態。比如李亞偉的「我們本來就是腰間掛著詩篇的豪豬！」（〈硬漢〉）或者胡冬的「我要走進蓬皮杜總統的大肚子／把那裡的收藏搶劫一空／然後用下流手段送到故宮」（〈我想乘上一艘慢船到巴黎去〉）所塑造的形象已經和朦朧詩時期沉思的、正義的或悲劇的形象迥然不同。不過，潑皮和頑劣仍然可以說與毛時代的主流美學相關聯，甚至可以說是諸如「金猴奮起千鈞棒」的齊天大聖這一類草根革命形象的變奏。直到孟浪的「中彈的士兵倒下／傷口繼續衝鋒」（〈死亡進行曲〉）和默默的「喊響一點，喊得絕望一點／最好喊也不要喊」（〈臉部的形而上考察〉），某種被

---

[1]　現代西方文學包括蘇俄文學在大陸當代詩起源時期的影響是不言而喻的，但這將是另文討論的內容。

掉空的、缺失的烈士形象被凸顯了，但激越的風格依舊獲得了保留。

激越或者豪放，在臺灣的當代詩中是闕如的。而現代派時期的詩人，比如洛夫、管管、羅門等，激越或豪放風格的詩並不少見，完整的抒情主體基本上是得以強化的。不過，在管管的詩裡，也出現了「春天像你你像煙煙像吾吾像春天」這樣意指關係不斷／無限游移的拉岡式主體，管管這一類1960年代的詩也許是臺灣最早的後現代實驗。無論如何，臺灣當代詩在1980年代之後多有體現主體缺失或分裂的後現代作品。夏宇的《腹語術》書寫一個少女在結婚的那一刻突然分裂成二人，其中一個（靈魂／主體）可能羞於或不甘心陷入婚姻的陷阱，卻看見另一個（肉體／自我）已經按部就班地完成了所有的婚禮程式。「腹語」的意思本來就是主體的聲音從另一處聲源發出。無獨有偶，陳黎的《腹語課》也呈現了主體聲音的不可同一：

惡勿物務誤悟鎢塢鶩蓀惡峋蠱瓠癀迌埡芶
軋机婆鶩堊氻迀邏鎏矴籿阢軋焐魀焗扤屼
（我是溫柔的……）
屼扤焗魀焐軋阢籿矴鎏邏迀氻堊鶩婆机軋
芶埡迌癀瓠蠱峋惡蓀鶩塢鎢悟誤務物勿惡
（我是溫柔的……）

惡餓俄鄂厄遏鍔扼鎚蠱餕薛蛋搞圖虔貌貌

顎呃愕噩軶阨鶚坙謍蚖砨破櫃鏵岋墶柮齶

萼咢啞崿搕詺闋頷堨堨頷闋詺搕崿啞咢萼

齶柮墶岋鏵櫃破砨蚖謍坙鶚阨軶噩愕呃顎

貌軶圇搞蛋薜餤薑鱷扼鍔過厄鄂俄餓（而
且善良……）

這不只是一首玩弄形式的詩，它的後現代性也不僅在於形式
實驗。同樣的，如果說腹語發出的括弧裡的「（我是溫柔
的……）」和「（而且善良……）」是理性自我的聲音，那些
未能發完全的聲音——「惡」、「誤」、「惡」、「餓」、
「厄」、「噩」、「扼」以及以一大批古怪的字所代表的既不
明所以也不可確認的字音則曝露出內在主體的困頓。

　　這樣的後現代主體，在朦朧詩之後的大陸當代詩裡也有
所呈現。在周倫佑的長詩〈自由方塊〉的「動機1：姿勢設
計」裡，「你」的主體性從沙特式存在主義的命題「存在先於
本質」出發（「按現代標準重新設計自己」），卻終結於拉岡
式後結構主義的法則「主體的欲望是他者的欲望」（在各種已
有的他者姿勢下游移變換）。這個「你」對自我的形象塑造
（現代化自我）被符號世界的種種傳統模式（前現代符號秩
序）所決定，而不得不與符號域中的無意識主體產生若即若離
的衝突。而在楊黎的詩比如〈撒哈拉沙漠上的三張紙牌〉、
〈高處〉裡，主體佔據了一個被抽空的位置，或者說，這個拉
岡式主體處於一個不在的、空缺的位置面對他的對象。

兩岸當代詩的文化風格

　　第三代詩——莽漢、撒嬌、非非……——的後現代主體顯然是對現代性主體的解構。而二十世紀的現代性主體，那個代表了國族的宏大歷史主體，在兩岸政治文化的轄域內各有不同的表現形態。具體而言，蔣式的婉約派文化範式混合了中國儒家傳統（「仁義禮智信」或「忠孝仁愛信義」）和孫中山三民主義，而毛式的豪放派文化範式則混合了中國草根文化的革命傳統（「造反有理」或「和尚打傘無法無天」）和馬克思主義歷史辯證法及目的論。不同的政治美學風格在很大程度上影響了兩岸當代詩的發展面貌。莽漢式的咆哮體從未在臺灣當代詩中出現，歐陽江河式的雄辯體（或詭辯體）也不曾在臺灣當代詩中見到。而書面體的或者更準確地說是「雅言體」的詩歌寫作，在臺灣從現代派時期的周夢蝶、鄭愁予、余光中、楊牧到中生代的楊澤、羅智成、陳義芝到新生代的楊佳嫻，都有廣泛的影響，卻在大陸當代詩裡基本缺席。即使如潘維的江南婉約體，也大量夾雜著現代詞語，歐化句式，以及超現實的表現意味，基本上是口語化的。張棗、柏樺等人時而浸染的古典風，也更是建立在口語的基礎上。究其原因，我以為是抒情主體形象的不同範本所致。在臺灣，詩人通過「雅言體」所建立的文人化形象在文化價值上是絕對正面的，而在大陸，這樣溫文爾雅的聲音和形象幾乎一定會被視為蒼白無力，甚至是孤芳自賞、矯揉造作的。大陸當代文化的正面模式，一是西化

（現代）的，二是草民（白話）的，三是陽剛的（從這一點來說，除了女詩人外，潘維的確是個例外）。

不過，某種推到極端甚至過度的「古語體」，在晚近的兩岸當代詩裡都有各自的成就，當然不是簡單地復古，甚至主要仍然是具有西化句式的。必須甄別的是，「雅言體」和「古語體」有著極大的差異。臺灣的古語體實踐者中，除了陳大為曾經自創不少古奧的詞語入詩，唐捐更是把詩寫成酣暢淋漓的洋洋奇觀，混雜了各種古語、雅語、俗語、淫語、方言（臺語）、時尚語、網路語、官方語、童語，極大地拓展了當代詩的表達可能。比如他的〈無血的大戮〉：

這就是你常聽人說的無血的大戮　歲月靜好
鬼酣神飽　碩鼠照樣在廟堂裡分贓佈道
祭桌上照樣臥著一頭一頭死不瞑目的豬
可怪是貓　還在神明的懷裡快樂地吸奶
可憐是嬰孩　只好到陰曹接受馬面的安撫
我願意為敵人戒酒　吞服魚肝油
培養健康的身體　供死者安置他們的眼睛

從詩歌譜系上而言，唐捐的詩承襲自楊牧的傳統，並同樣基於中國古典文學的學院（知識）背景和學者身份。相比較而言，在中國大陸，以晚近的蕭開愚、蔣浩、韓博為三個代表的「古語體」採取了相對枯澀簡約的策略（「古語體」幾乎要成為「枯語體」），而這些詩人也都不具備大學中文系的背

景。有意思的是，有中文系背景的詩人，像陳東東、宋琳、駱一禾、臧棣、姜濤、馬雁、桑克、徐江、侯馬、寫《中文系》的李亞偉，反倒堅持了口語寫作，並不涉獵雅語或古語的寫作[2]。似乎只有《漢詩》時期的萬夏、石光華等多有古典漢語的癖好。說到《漢詩》，當然還有宋渠宋煒、歐陽江河等人的「古語體」寫作，不過他們和中文系無關。本世紀以來蕭開愚、蔣浩、韓博的古語體沒有類似臺灣現代派詩的傳統可循，也不是1980年代整體主義（《漢詩》）的餘波，倒是有可能是沿襲了卞之琳這一類現代詩傳統的脈絡[3]。下面是「古語體」的幾個例子：

> 我是悱惻，舍禿頂
> 入山麓的花之隱曲，
> 驚動嘗百果的你。
>
> ——蕭開愚〈十字山〉

> 這裡。廢棄的角落，
> 已是盲文，摸爬滾打後，
> 渙散成蔭。缺失部分陡峭。
> 鏤空的窗，兩樓的梯，

---

2 部分的原因在於，在臺灣的中文系教育裏，古典文學占了絕對優勢，幾乎沒有或者很少有中國現當代文學的課程。而大陸的情況顯然是迥異的。

3 比如卞之琳的〈距離的組織〉：「想獨上高樓讀一遍《羅馬衰亡史》，忽有羅馬滅亡星出現在報上。報紙落。地圖開，因想起遠人的囑咐。」可以從這裏看出類似的文言語詞（忽有、因……）構句方式。

中間抱憾的風騷，
依依裝飾新來的闋疑。

——蔣浩〈舊地〉

少壯輕年月，遲暮惜光輝。
一隻野兔，替代無數隻，
咀嚼俯仰有別的陳腐，
睍目不清，硬梗哽若渾淪一物的無雲。

——韓博〈野兔〉

古語的特點是以字為意素單位，故而「古語體」除了用
「入」、「已是」、「若」等文言詞語，也通過字與字的強
行組合來形成異質性的表達，如這裡所引的「花之隱曲」、
「渙散成蔭」、「硬梗哽」等。但大陸當代的古語詩通過字詞
的錯位連結突出了韓愈般簡約的崎嶇枯澀，與臺灣以唐捐為代
表的奢華鋪陳、怪誕狂歡的辭賦體形成了對照。在大陸當代詩
範圍內，楊煉的《豔詩》和陳東東的某些詞藻華麗的長詩如
〈喜劇〉、〈解禁書〉、〈傀儡們〉、〈月全食〉等或與唐捐
稍有相通之處，但都並不主要著眼於混雜的狂歡。

　　在口語詩的領域，臺灣當代詩的主要風格是輕盈的。
新世代的詩人已基本摒棄了雅言體的寫作，從日漸經典化的
鯨向海、林德俊、孫梓評、葉覓覓到晚近開始活躍的隱匿、
阿米、崔香蘭……，都是口語愛好者。已經典律化的當代詩
人，尤其是《現在詩》群體的詩人，夏宇、零雨、鴻鴻等，也

以口語為主導傾向。鴻鴻著名的〈超級馬利〉模擬了任天堂電玩遊戲的輕快節奏，把戲劇性隱藏在平淡直白的敘述後面。鴻鴻的另一首〈一滴果汁滴落〉，就題材而言是有關回憶（可能是大陸當代史上的）過去的政治迫害的重大內容，卻在形式上採取了甜美、舒展的語調。夏宇的詩也都是這類「輕型詩」，即使涉及情色題材，也刻意脫卸鹹濕的重量，比如在〈某些雙人舞〉裡，她用每一句末的「恰恰」或「恰恰恰」舞步減輕了做愛場景的緊張。即使最難懂的詩（比如〈擁抱〉）也絕不窒息：不可解，卻不艱澀，很順暢、上口，這是夏宇的本領。這個評價大概也可以用來說大陸的臧棣。也許正如陳黎在一次私下交談中提到的，他「聽說」臧棣是大陸詩人裡最接近臺灣詩的。陳黎的詩集《輕／慢》一方面展示了臺灣詩「輕」的特色，另一方面也呼應了臧棣的格言「詩歌是一種慢」。

但臧棣的「輕慢」仍然多了一份智性，表面上甚至可能是理性，而實際卻是對理性開的玩笑，常常比北島早期的格言體——如「一切歡樂都沒有微笑／一切苦難都沒有淚痕／一切語言都是重複／一切交往都是初逢」（〈一切〉）——和歐陽江河的詭辯體——如「它是一些傷口但從不流血，／它是一種聲音但從不經過寂靜」（〈玻璃工廠〉）——多了更捉摸不定的非理性潛流。無論如何，臺灣當代詩基本沒有在形式上具有思辯陳述形態的實踐。我推測這跟大陸教育體制中馬克思主義理論的灌輸是有關的，辯證法的初級形態便是詭辯術，而毛話語本身也充滿了諸如「破字當頭，立在其中」這一類辯證論

述[4]。不過，辯證法最多只是臧棣的魔術道具，他要變給我們看的是更莫測的思辯與感性奇觀。比如在最新的兩首裡：

人不可能是人的全部。

比如，你就不是你的全部，

但，你曾是，並且依然是我的全部。

（〈絕境叢書〉）

顯然，洋蔥並沒有把洋蔥的本質

留在洋蔥裡面。他並沒有在洋蔥中找到

一個可以被想像的核心。他發現

剝洋蔥竟然把人給剝空了。

（〈剝洋蔥叢書〉）

臧棣是在闡述黑格爾主義的精神分析學家拉岡的「非全」女性主體和後笛卡爾式缺失主體嗎？但這兩首詩恰恰都是對生活經驗的感性傾訴（尤其是對愛情生活及經歷的唱歎），卻擬仿了理性的表達模式。不過，這種「（擬）陳述體」寫作方式只在少數詩人那裡才得以精彩展示。在臧棣詩裡，表面的輕盈暗含了經驗的沉重，表面的知性暗含了內在的情感，表面的肯定也暗含了背後的存疑，他在各種衝突的面向之間變幻、翻轉。

---

[4] 甚至北島的「卑鄙是卑鄙者的通行證，／高尚是高尚者的墓誌銘」（〈回答〉）也常常讓我聯想起毛澤東的「卑賤者最聰明，高貴者最愚蠢」，儘管兩者的意涵完全不同，但推論的方式卻不無可比之處。

兩岸當代詩的社會向度

　　批評臧棣的詩缺乏社會向度顯然是不公允的，因為並非只有外在的社會指向才具有社會批判精神，對自身經驗和情感的批判性審視本身就是社會性的深刻體現（雖然臧棣也有相當一部分詩直接涉及了社會背景）。沒有一個真正優秀的詩人以簡單的方式來表達社會批判，批判往往蘊含在最獨特的表現過程中。當然，比較明顯的可能是在題材或內容上涉及了社會背景的。這方面的範例包括蕭開愚的〈向杜甫致敬〉、〈學習之甜〉、〈北站〉，歐陽江河的〈傍晚穿過廣場〉、〈關於市場經濟的虛構筆記〉，陳東東的〈喜劇〉、〈解禁書〉，各自以不同的方式回應了時代和現實世界所提出的種種問題。比如歐陽江河大多通過隱喻來觀察時代變遷，蕭開愚敏銳地發現了現實世界的超現實意味，而陳東東的現實本身就已經全然是超現實圖景的體現。詩的聲音不再是簡單的個體抒情：歐陽江河的陳述體以思辯總結了這個時代，蕭開愚將陳述與敘述不時結合在一起，陳東東則摒棄了陳述，採用了敘述（但又不是純粹敘事）的姿態。陳東東的超現實帶有冥想的、奇幻的色彩，有如德‧奇里科的神秘庭園，但陳東東書寫的並不僅僅是景觀，更是情境，甚至可以說是卡夫卡式的情境，只不過不再有可以明確描述的事件。陳東東筆下充滿魅惑的世界在一種特殊的音調裡被零散斷裂地敘述出來，想像和現實混雜在一起。相比之下，蕭開愚不借助想像，而是借助對於世界的特異理解，由此

形成了他特有的句式和場景。蕭開愚的社會關注像是費里尼的電影《羅馬風情畫》對客觀世界的散漫捕捉，極端、誇張、有時也不乏荒誕。

由於中國大陸幾十年來主流文藝對於社會責任感的律令，大陸當代詩人在寫作中關注社會性的同時也警惕陷入任何一種直接、明確、絕對的意識形態。即使像被稱為「打工詩」的鄭小瓊作品，也更多的是一種個人經驗的表達，除了朦朧詩時代的北島、江河、梁小斌的「思想啟蒙」或「歷史反思」作品外，鮮有某種共用的觀念貫穿大陸當代詩。相較而言，臺灣當代的社會文化所面臨的公共議題常常為不同的詩人所關注，當然以各自不同的方式表達出來。最為突出的面向不外乎是對於臺灣1949年以降的黨國體制所代表的社會文化以及大一統的國族觀念的質疑。在這方面，陳黎的〈蔥〉、〈不捲舌運動〉，陳克華的〈誰是尹清楓〉、〈我愛國父〉、〈馬場町上的空心菜〉、林耀德的〈交通問題〉，都或多或少涉及到了。焦桐的詩集《完全壯陽食譜》則更是以整本詩作把宏大話語下的權威政治與陽具快感基礎上的虛擬美食耦合在一起，出示了一種獨特的社會批判樣式。如果說陽具能指作為核心的主人能指規範了主人話語的絕對構成，《完全壯陽食譜》通過揭示陽具能指的去勢狀態解構了政治話語的統治。

身體書寫與情色書寫問題

《完全壯陽食譜》不時出現對於身體器官的描寫和性暗

示，但意圖並不在於展示情色內容，而在於探討符號秩序與真實創傷之間的裂痕，正是這種裂痕體現了快感與痛感的混雜。對於陽具能指及其空缺之間的關係似乎也是臺灣情色詩學的核心問題，儘管不同詩人的視角有所差異。而顏艾琳則是從女性主義的角度來觀察陽具能指的欲望／缺失，衝擊了男性中心主義的性關係。她在〈淫時之月〉裡寫道：「以她挑逗的唇勾／撩起所有陽物的鄉愁。」陽具器官不再是中心化的符號，它只有面對作為欲望原因的女性對象時才得以建構，並且只能是顯示出「鄉愁」的特性，也就是呈現為本質上空缺、欲求的符號。在陳克華的不少詩裡出現了各種身體器官部位，比如〈肌肉頌〉一詩將「肱二頭肌」、「比目魚肌」、「股四頭肌」、「大胸肌」、「陰道收縮肌」等二十種肌肉名稱同各種常用語句幾乎隨機地排列到一起，擾亂常規的、無視法則的、零散無序的肌肉世界衝擊著日常生活中的種種空洞話語，體現了陳克華身體書寫的文化政治向度。他的〈我撿到一顆頭顱〉裡「我」一路上撿到的手指、乳房、陽具、頭顱、心臟……，以及詩中出現的唇、鼠蹊、小腹、瞳、眼睛、肌肉、眼袋、額頭、頰、頭蓋骨等其他器官，這些局部的器官是被隔絕的欲望對象，零散如災難後的景象，而撿拾的行為有如一次無望的肉體展演。在這方面，可能零雨的《特技家族》展示出更複雜的肉體表演，雖然不以情色為焦點，但也不避粗鄙，凸顯了「向後翻滾（屁股朝向人最多的／廣場）」和「（廣場以屁股遮天）」這樣的癲狂身體與宏大空間背景之間的反差。全詩經過快速的身體運動和被運動（「拉我剌我捶我

戳我捏我」），最後卻落到對身體的捆綁，顯示出一種生存的困境。

　　相比之下，大陸當代詩中的身體書寫在一定程度上應和了這個時代的享樂主義潮流，但不一定是以最直接的方式。只有像楊黎的〈打炮〉這樣的詩把陽具快感的話語運動以一種凱旋的姿態赤裸裸推向了頂峰。在這方面，尹麗川的〈為什麼不再舒服一些〉那首詩不但不是對以陽具快感為中心的性交行為的執迷描述，反倒是對它的消解：具體的性器官活動被認作是「釘釘子」、「繫鞋帶」、「洗腳」、「洗頭」……，以至於抒情主體喊出了「為什麼不再舒服一些」，因為做愛的「舒服」並不僅僅建立在機械的性器官交媾運動上，但這樣的欲求又被「再知識份子一點再民間一點」的「文化」雜音所岔開，造成了這首詩強烈的喜劇效果。而沈浩波下半身時期的主要作品（如〈一把好乳〉、〈強姦犯〉、〈肉體〉、〈動彈不得〉、〈靜物〉、〈從咖啡館二樓往下看〉）卻幾乎都是在描寫性幻想的徒勞和對陽具快感失敗的滿足感。

　　不管是嘲弄還是欣賞器官快感的潰敗，下半身詩派的代表作品並不像宣言那樣展示出性行為的身體或肉體強度。把色情詩寫到極致的，反倒是前朦朧詩人楊煉的《豔詩》。不過楊煉豔詩的獨特在於對隱喻的絕對依賴，以及對快感（jouissance）本身的創傷性內核（traumatic kernel）的深入探討。從第一首〈我們做愛的小屋〉開始，就有「一次插到底二十年就成了漩渦」、「白白濃濃的定影液沖洗一張底片」、「四條腿鉤住恰似扳機的那一點」這樣的詩句，用

「漩渦」、「沖洗」、「鉤住……扳機」這樣一些隱喻手段來呈現某種痙攣、眩暈、激變，甚至殺戮的緊張感。

陳東東有一篇訪談的標題叫做〈色情總是曲盡其妙〉，談的大致也是色情的文化性，它「對常規和戒律的違犯」，等等。他甚至斷言色情是「造作的」，因為它必須依賴充分的修辭。陳東東詩中的色情也無不體現了這種「曲盡其妙」的面貌，如在他的〈幽隱街的玉樹後庭花〉中：

「再也不必用辭藻隆乳……卷起
「兩堆雪。」
[……]

             退潮之血
再也不起浪，直到她兩腿間開合的淵藪
湧現又一座盜版樂園
[……]
每次黎明
都叼著保險套頂端漲滿的乳頭順勢
被拽出──她一口咬破這
             化學製品
像咬碎無需睪丸的軟木塞，好讓你如膽瓶
把瓊漿滴送進
          深喉裡豁然的白晝

在這裡，性感身體不再簡單展示日常的性活動，也沒有密集的隱喻來暗示性活動，而是身體器官與現實事物絞合在一起，使得現實本身，甚至科學化的現實，顯示出極度色情的樣貌，彷彿我們無時不處在這樣一種耽美、腐朽的色情現實中。在眾多色情與現實的連結中，當然也有像歐陽江河的〈計劃經濟時代的愛情〉用色情來隱喻社會體制的。

　　本文以兩首與臺灣相關又與情色相關的大陸詩人的詩暫且作結——胡續冬的〈灣灣御姐〉和秦曉宇的〈酒吧植物學〉，這兩首都發表在我編的時尚畫報詩刊《無情詩》。奇怪的是，這兩首詩都出現了「鹿」，也都驚人地用隱喻的方式寫實。秦曉宇的〈酒吧植物學〉：「她的豔紅鹿子　蹦跳於／古詩與台獨間」；而胡續冬的〈灣灣御姐〉則：「我只能一秒接一秒地／吸盡了她潮濕的身體，／把那鹿腿溶入從街角／突然流到我肺葉裡的／白茫茫的野薑花之海。」將情色書寫最終歸結到個人經驗的昇華（或墮落），我們可以看出當今大陸情色詩的一大走向。

詩的再生與詩人的再生
──讀陳黎詩集《妖／冶》

　　陳黎的詩常常讓人有驚豔感。而這次，他乾脆用了近乎豔俗的標題《妖／冶》來命名他的新詩集，卻意味著這種「豔」來自前人和自己現有字句的拼貼和重組，不免令人想起普普藝術對現成品的愛好，以及普普藝術家安迪‧沃荷（Andy Warhol）作品的那種豔美炫麗的效果。但陳黎無疑做得比沃荷要多：《妖／冶》並不是簡單挪用，而是通過對文字的剪裁再創造了另一個詩意世界。

　　這部陳黎因病痛不便而剪裁出來的詩集被詩人自己稱為「再生詩」，我想「再生」本來就有「重生」的意思，因此也可以看作是陳黎從病痛裡獲得重生的一次創作。那麼，回收意義上的「再生」也體現了後現代主義美學的基本原則：「新」成品無非是對「舊」素材的徵引。從某種意義上說，《妖／冶》的做法和夏宇主編的《劃掉劃掉劃掉》（《現在詩》第九期）有異曲同工之妙，二者都依賴於減法，減剩的文字成為新的作品。只不過《妖／冶》的創作方式更為自由，也可以說每一首都是用有限的活字來排版的寫作實驗。

　　剩下的問題，不是這如何可能，而是這如何可能不僅僅是一場遊戲？從一首十四行詩可供選用的一二百字裡，有可

能組合成什麼有意味的詩句？從開篇的第一首〈四首根據馬太福音的受難／激情詩.1〉起，我們就在「蟲子咬鏽你的心／你全身黑暗／你裡頭的光／暗暗紡線／如花一朵／野地裡一天一天／刺你的眼／把珍珠叩開」這樣的詩行裡讀到陳黎對病痛的尖銳感受。但這種感受不是簡單的怨恨，而是把痛感（「咬」、「刺」）和亮感（「光」）或美感（「花」、「珍珠」）混合在一起。類似的意念在詩集中不時出現，不少篇章起始於「毒藥」、「暗傷」、「碎玻璃」、「劇痛」、「多刺」、「箭射」、「迸裂」、「磨碎」等顯著的痛感語彙。在〈十四首取材自拙譯聶魯達《一百首愛的十四行詩》的十四字詩〉裡，「利齒狂咬／手風琴手，它／隨風自然唱」以及緊接著的「痛的隱形／輪軸，轉過我身／織紡琥珀」這兩首三行詩都起始於撕心裂肺的痛感，但終結於紓緩或靜謐的美感。

　　陳黎透過對舊有的詩句的凌遲來熔煉詩意，主動把肉身的痛和詞語破碎的痛一起佔為己有，攫取了精神昇華的可能。而同時，這種昇華又迥異於宗教式的淨化，畢竟，陳黎是以他慣用的後現代策略，通過返諸自身的語詞遊戲瓦解了現實的重壓，超越並再生了自己。

神祕的波特萊爾式感應
——序陳義芝詩集《掩映》

從《掩映》這個標題來看，我們約略可以推斷，這是一本關於影子和鏡像的詩集：「掩」通過暗示被遮蔽的陰影部分來突顯可見之處的誘人——好似「猶抱琵琶半遮面」的情景，而「映」則直接展現了閃亮的表面照射出的炫目——直追「人面桃花相映紅」的奇境。當然，這只是影子和鏡像的表面意味而已。在深層的哲學意蘊上，影子和鏡像都暗示了某種擬像或虛幻。我甚至可以用「鏡花水月，色空無礙」來概括義芝這部詩集的終極理念。

而從語言層面來看，義芝再次以他飽含古典意蘊的深情，穿越古今，來去東西，為我們鋪展出一幅絢爛而空靈的文字圖景。在典雅語詞的「掩映」之下，詩人表達了對自然的讚頌、對歷史的反思、對現實的批判、對生命的冥想……。這一切的背後，詩人對於虛無的體悟，使得詩意超然於一切世間的美麗與紛擾。這樣的情懷，尤其在涉及佛教題材的一些篇章裡，被描繪出一種飄渺的氛圍：

那像袈裟的
一襲襲緩緩落座於水煙

　　　　　　　　（〈淨心茶會〉）

彷彿異香的音聲迴響空中

　　　　　　（〈一百零八聲鐘響——初謁佛陀紀念館〉）

一座遠寺的燈火
如虛幌搖曳

　　　　　　　　　（〈札幌〉）

無論是「水煙」，還是「異香的音聲」，或者「虛幌搖曳」，
都能烘托出寺廟的氛圍——由香火、袈裟、幕帳、鐘聲……從
視覺、聽覺、嗅覺等感官方位各自暈染出朦朧恍惚的情境。即
使在另外題材的篇章裡，義芝也往往致力於描繪某種虛空飄渺
的意境，而最頻繁出現的意象與情景，似乎是關乎風的：

風仍在高空
敘說
許許多多的
故事

　　　（〈被水擁抱——921地震後12年重回日月潭〉）

你懷著一種心情

在風裡

（〈濤聲·陳澄波〉）

海嘯後

我來遇見

風裡的靈魂

（〈鵜住居──悼念〉）

風吹向遙遠的另一邊

（〈鼓浪嶼日記〉）

倚在風的枕上，記憶掀開一床

（〈早稻田的楓〉）

在空中在風中

唯恐瞬逝的

（〈萊茵虹〉）

聽垂下的髮在說著風的話

聽風在說著暗泉的話

（〈寂靜聆聽〉）

不如歸去我們

是草上的風

（〈南浦——贈石坡黃光男〉）

飲盡了黑夜和天明

飲不盡曠野的風

（〈高粱酒歌〉）

白露橫江

清風也是一疋拉開的戲幕

（〈虛舟——蘇軾展演〉）

與你同遊

在風煙飄搖的溪谷

（〈夢杜甫——為《千秋詩人有知音》寫歌〉）

野風徘徊於雛菊墳場

（〈24和弦——蕭邦前奏〉）

深林垂露煎成的藥香

此刻在風的對話裡

（〈無事——有贈〉）

但只有荷風似水

一輪明月

奏出琴聲

（〈琴聲獨奏——花事帖13〉）

可以想見，高空的風所敘說的故事，是隨風飄逝的故事；風中的心情，是注定要被吹散的心情；靈魂在風裡，有如孤魂野鬼無法安身；風的枕上，只能做虛無的夢境……一切都是「瞬逝的」，乘風而去，然後不知所終。在這些場景裡，風或許飽含著世間的蒼涼，或許本身就是一種飄零，或許能吹走內心的俗念，也或許自身就是清冷的思緒拂過，或許體現著飛速流逝的時間，又或許就是虛空本身。總之，風給予詩人能夠沉思並超越世間的可能境界，它的溫度、速度和虛空幾乎可以看作是一種運動的、透明的幻影。

但另一方面，讀者不難體會，風的強勁和力量也同時代表了一種動態的美學。顯然，風作為一種「擬幻」（semblant）之物所體現的不僅是空靈的「無」，也是激越的「有」。風的意象，恰好代表了這樣一種「有」對於「無」的「擬幻」式替代或填補，儘管（或因為）它本身超越了任何可以固著化的實體。而詩集中的其他場景與描述大多也可作如是觀。這也是義芝新詩美學的辯證向度：如果沒有在濃烈中體味過，也就無法抵達終極的沖淡。我們在詩集中可以感受到的激情往往也是跟身體意義上的或至少是身體所感知的「絕爽」（jouissance）聯繫在一起的，這種「絕爽」意味著快感的極致與高潮，甚至是

「痛並快樂著」的瞬間：

　　眼神比歡喜狂烈
　　比感激淒迷

（〈萊茵虹〉）

　　這高樓
　　像你灼人的眼睛
　　一樣挑釁

（〈城居注3〉）

　　熔岩在地心發出一吋吋
　　回聲，像汗毛的顫動
　　……
　　彷彿一群群野牛撞入山谷
　　成為馴鹿，一次次驚呼

（〈寂靜聆聽〉）

　　海浪激湧人體的赤道
　　汗水親炙汗水

（〈大澳〉）

　　我們窩在一座石灰殼裡
　　潮水狂野洶湧在左

……

摩擦，拍打船艙的雨

潮水狂野洶湧在右

（〈寫給牡蠣的情書〉）

一個憤怒的傷口睜開一千隻眼

一顆淌血的心埋葬一千張嘴

（〈城居注5〉）

　　在這些詩句裡，「狂烈」、「淒迷」、「灼人」、「挑釁」、「熔岩」、「顫動」、「撞入」、「驚呼」、「激湧」、「親炙」、「狂野」、「洶湧」、「憤怒」、「傷口」、「淌血」、「埋葬」……等詞語以極端的強度和力度凝聚了身體的創傷性痛快感，但這一切激昂和賁張，有如狂烈的「風」，本身都具有一個風暴中心的虛空內核。也可以說，感知下的身體本身就是廣闊無邊的宇宙，在這個宇宙裡內在自然和外在自然失去了截然的分野。在詩集中，最值得再三誦讀的精妙段落或語句，也許是這些自我中的他者、身體裡的宇宙的幻視：

我匆匆步履的雨中

（〈城居注1〉）

被月半醒的軀體

　　　（〈被水擁抱 ——921地震後12年重回日月潭〉）

海的腰線是你

　　　　　（〈鼓浪嶼日記〉）

像夕光的耳語

　　　　　（〈早稻田的楓〉）

月亮也脫光了衣服

　　　　（〈寫給牡蠣的情書〉）

　　「我匆匆步履的雨中」，指的可以是步履如雨落下，也可以是雨勢如噠噠的步履；「被月半醒的軀體」，描寫月光對（隱喻意義上）身體的吸引，不僅用及物的「醒」字重新界定了二者的關係，還以「半」字渲染了光影的朦朧意味；大海擁有了婀娜的柳腰；夕陽的光芒溫柔得猶如低語聲；而「月亮也脫光了衣服」更是經由擬人而營造了擬幻的情境，月亮現出裸露的誘人胴體。也可以說，在絕爽的身體與自然的對象之間有一種神秘的波特萊爾式感應（correspondences），但這種感應更加自由，更加無礙。能夠被身體感受的世界，與能夠感受世界的身體，猶如莫比烏斯帶（Moebius strip）的兩面，在不知不覺間互相交替、融合、轉換。這個轉換當然也是身體絕爽與宇宙虛空之間的不斷轉換。正如義芝在一首書寫媽祖的詩中所

神祕的波特萊爾式感應——序陳義芝詩集《掩映》

053

表述的，身體與自然的雙重虛空：

有人
舉著空的眼神空的窗

空的身體空的桶
像空了的山谷曠野

（〈林默娘〉）

　　在這篇序裡，我不打算具體賞析或解析這本詩集中的某一首詩作，反倒傾向於把這部詩集看成是一整首詩，而每一首都是它的不同的段落，每一處都意味著既不同而又相關聯的面向。因此，無論是「但只有荷風似水／一輪明月」也好，還是「唯有時間的卷軸／與你相親／教你對鏡」（〈人間留不住──花事帖10〉）也好，都給我們帶來了「鏡花水月」的幻美哲學。義芝的詩，透過對於擬幻空間的展示與體悟，也讓我們經驗了種種繽紛的世界與激盪的內心。

抒情與嘆息
——讀羅任玲《一整座海洋的靜寂》

　　曾經撰寫過學術論著《台灣現代詩自然美學》的羅任玲，在《一整座海洋的靜寂》這部詩集裡又如何體現了她自己作為詩人的「自然美學」？封面摺頁處的介紹——「熱愛大自然」——在我看來不外乎是一個過於簡化的託辭，而她所表達的某種「熱」愛卻往往在燦爛愉悅的情感之外蘊含著更為「冷」峻的哲學觀照。《一整座海洋的靜寂》這個標題本身就已經透露出相當豐富的意涵：一個與海洋無關的特異量詞「座」字，便使浩淼的海洋不僅具有了（一座）山巒般的雄渾，同時也具有了（一座）墳墓般的沉鬱。因此，湧動不息的海潮也被賦予了暗示虛空的「靜寂」，使得羅任玲的自然美學在總體上趨向於面對自然的超越性視野。

　　但這種超越既不意味著君臨世界的個體傲慢，也不意味著將自然絕對理想化的萬物有靈，反倒是常常捕捉到所見所聞的無奈與無常，以此證明人對自然的愛的確是盲目而辛苦的。那麼，甚至自然本身也變得無法完整或完美起來：「多年後／我才知道／那是月光的廢墟／孩子們撿拾了碎片」（〈月光廢墟〉）。而對於破碎的敏銳也與對於虛空的觸動相呼應：「直到再也無法／握住什麼／只留下一枚缺角的淚／靜

靜映照百萬年」（〈時間的形狀〉）。這首表達時間感的詩必須將時間轉化為具有「形狀」的空間感才能觀看到虛空。因此，凋零與廢墟的主題也在羅任玲詩中時時以業已消逝或易於消逝的鮮明意象出現：「後來就凋謝了／曇花，像捨棄翅膀死去的／一隻夜鷺／夢裡走過光寒水塘／那是遺址那是／灰燼牠反復確認」（〈怪物2〉）。

「怪物」的鬼魅感也體現在羅任玲那些具有童話色彩的詩篇裡——即使動物也充滿了某種失落和哀愁：「耶誕老人始終沒有來。／『你是兇猛頑酷的子嗣，不配有禮物。』雪說」（〈玻璃虎〉）；或者，「清晨魚販的叫賣從她微張的嘴中喊出」（〈鮮魚宴〉）。無論是工藝虎，還是盤中魚，雖然都有其現實的存在感，仍然被寓言式地描繪成是逐出了自然的生命，卻還無限留戀著世界。而這種留戀，也恰恰是羅任玲這部詩集的核心題旨：在她近乎纖柔的抒情歌聲裡，我們不難聽到生命的浩大嘆息。而嘆息，確乎是從靜寂中來，又回到虛空中去。

1978年12月23日：《今天》創刊
——朦朧詩的興起及中國當代詩的流變

　　1978年12月23日，在北京東郊三里屯靠近亮馬河的一處農民房小院裡，北島、芒克等以手刻蠟版的方式，用一臺借來的油印機，印出了當代中國最早的非官方文學雜誌《今天》的創刊號。《今天》雜誌的誕生標誌著中國當代詩開創了官方出版物之外的另一條路徑，即獨立出版（俗稱「民間刊物」或「民刊」）或地下文學的另類歷史。自此，中國當代詩與中國當代小說呈現出了十分不同的面貌：最重要的中國當代小說幾乎都依賴於官方出版物，而最重要的中國當代詩大多是從非官方出版的民間刊物（此後也包括境外出版物和網路）上出發的。《今天》雜誌印出後，還張貼到了「西單民主牆」和北京的一些政府機構、文化出版單位和大學，刷新了文學傳播的途徑。1979年起，《今天》雜誌舉辦了多次盛況空前的文學活動，包括在北京師範大學和紫竹院公園的讀者‧作者‧編者座談會，玉淵潭八一湖畔的詩歌朗誦會等，激勵了一大批當時渴望不同於官方詩歌形態的年輕讀者。直到1980年底，這本北島任主編，芒克任副主編的《今天》，在出版了九期雜誌外加三期《今天文學研究會文學資料》之後，被北京市公安局口頭下令停刊，終止一切活動。

1980年8月，中國作家協會主辦的《詩刊》刊登了章明的文章〈令人氣悶的「朦朧」〉，對《詩刊》近期作品的傾向，特別是受到西方現代主義影響而導致所謂「讀不懂」的現象，進行了批評。儘管文章中主要的批判對象是九葉派老詩人杜運燮的《秋》，但本文標題中的「朦朧」一詞在後續的討論中被較多地用在了描述1979到1982年間在《詩刊》多次發表的《今天》詩人北島、舒婷、顧城、楊煉、江河的詩作。這些不少是從《今天》轉載而來的作品被貼上了「朦朧詩」的標籤，但「朦朧」這個本來用以負面批評的詞語日漸褪去了原初的貶義。幾位代表了《今天》作者的詩人——顧城、舒婷、江河——應邀參加1980年《詩刊》社主辦的第一屆「青春詩會」，進一步奠定了「朦朧詩」的歷史地位。甚至參加此次「青春詩會」的另一些詩人，包括王小妮、梁小斌，日後也被歸入了「朦朧詩人」的行列。1980年到1983年間，還出現了三篇被稱為「三個崛起」的文章——謝冕的〈在新的崛起面前〉、孫紹振的〈新的美學原則在崛起〉和徐敬亞的〈崛起的詩群〉，接連為「朦朧詩」的歷史價值做出了肯定性的定位。此外，閻月君編的《朦朧詩選》（1982/1985），北島、舒婷、顧城、江河、楊煉的《五人詩選》（1986）等出版物也對朦朧詩的典律化起了相當重要的作用。

　　現在看來，當年被視為「朦朧詩」的大部分代表作品，包括舒婷的〈致橡樹〉、顧城的〈一代人〉、北島的〈宣告〉、〈回答〉，對現代詩「朦朧」詩意的追求其實是有限的。比如北島的「從星星的彈孔裡／將流出血紅的黎明」

（〈宣告〉）或顧城的「黑夜給了我黑色的眼睛／我卻用它尋找光明」（〈一代人〉）都明確地表達了主流辯證歷史的模式──社會或精神歷史指向必然是從傷痛的深淵邁向希望的未來。而《今天》群體裡的另一些詩人如芒克、多多、田曉青、嚴力等人的作品在當時並未獲《詩刊》發表，或許是因為他們更加灰色、晦澀或另類的風格。

多多的詩直到1980年代晚期才漸漸獲得關注，以其超越了同世代人的詩性魅力，日漸成為中國當代詩的靈魂人物。早在1970年代初，他和同學芒克、根子一起在京郊白洋澱插隊時，就寫下了「歌聲，省略了革命的血腥」（〈當人民從乾酪上站起〉）、「當社會難產的時候／那黑瘦的寡婦，曾把咒符綁到竹竿上／向著月亮升起的方向招搖」（〈祝福〉）這一類振聾發聵的詩句，將象徵主義與社會批判結合在一起。在白洋澱期間，多多和芒克把寫作變成了一場詩歌決鬥，一俟時機成熟就把自己寫在筆記本上的新作像白手套一樣丟到對方面前，以示挑戰。在日後被稱為「白洋澱詩派」的詩人中，根子在當時北京的地下沙龍中被稱為「詩霸」，是中國當代詩的源頭性人物。他1971年寫作的〈三月與末日〉、〈致生活〉、〈白洋澱〉等長詩可謂中國當代詩歌史上的里程碑，也直接激發了多多的寫作。在對歷史頹敗的洞察上，〈三月與末日〉幾可與艾略特的〈荒原〉相媲美。這首詩劈頭就寫道：「三月是末日。」全詩以這一類戲劇化的聲調質疑著春天的宏大象徵：「我曾忠誠／『春天？這蛇毒的蕩婦，她絢爛的裙裾下／哪一次，哪一次沒有掩藏著夏天──／那殘忍的姘夫，那攜帶大火

的魔王？」」在那個特殊歷史語境下，根子的詩橫空出世，其
濃烈的表現主義式風格彷彿從天而降，對宏大象徵與神聖話語
進行了重新書寫，將思辯與批判，荒誕與詼諧，受難與自省熔
於一爐，表達出生命絕境中的精神力量。

　　如果要追溯朦朧詩的起源，白洋澱和《今天》都還不算
是對官方文學最早的叛離。早在1960年代初，北京就曾出現過
張郎郎為核心的「太陽縱隊」和郭世英（郭沫若之子）為核心
的「X社」，當然隨即遭到了無情的清洗。其中「X社」中張
鶴慈（哲學家張東蓀之孫）寫於1960年代中期的「頓點的一滴
淚、／刪節號的嗚咽……／／杯裡，四五塊閃閃的月／風讀
著，無字的書」（〈生日〉）這一類詩句已從詩學上棄絕了主
流模式。在上海，1960年代中後期也出現了朱育琳為核心的詩
歌沙龍，其中陳建華深具波特萊爾象徵主義風格的詩（後結集
為《紅墳草》）也在佔據主導地位的寫作法則之外開闢了新的
疆域。另一個重要的詩歌社群是貴州詩人啞默家的「野鴨沙
龍」，從1960年代末間斷地持續到1970年代末。1978年10月，
「野鴨沙龍」的詩人黃翔率詩友北上進京，將其創辦的《啟
蒙》以張貼的形式公佈到了西單民主牆。黃翔的詩作具有強烈
的抗議政治色彩，而其鮮明的社會指向也直接影響到了純文學
的《今天》對西單民主牆的參與。

　　從詩學上說，以《今天》詩人為代表的朦朧詩對於文學
史的積極意義到了1980年代顯得更為突出。北島發表於1986年
的長詩〈白日夢〉擺脫了早期英雄主義傾向，更側重對生命
經驗的隱喻性表達。「我註定要坐在岸邊／在一張白紙上／

期待著老年斑紋似的詞」（〈白日夢〉）這樣的詩句，顯示出對語言、沉默、時間等問題的冥想。到了1980年代中期，與當時的「尋根」文學潮流相呼應，朦朧詩人楊煉和江河開始了「史詩」寫作，把詩歌題材拓展到傳統文明和神話故事這類題材。楊煉在九寨溝受藏傳佛教啟示而作的長詩《諾日朗》（1983）和江河重寫中國神話的組詩《太陽和它的反光》（1985）成為他們突破朦朧詩早期模式的代表作。在《諾日朗》的「偈子」一節中，楊煉從貌似佛理的邏輯出發，推進了魯迅式的關於希望與絕望的悖論，也重寫了朦朧詩中主導的辯證史觀：「為期待而絕望／為絕望而期待／／絕望是最完美的期待／期待是最漫長的絕望／／期待不一定開始／絕望也未必結束」。

　　1982年10月初的一個夜晚，來自四川幾所大學的胡冬、趙野、萬夏、唐亞平等年輕詩人相聚在重慶的嘉陵江邊，圍著篝火，率先提出了「第三代人」的概念。到了1985年萬夏編的《現代詩內部交流資料》，正式開闢了「第三代詩會」的欄目，將朦朧詩之前稱為第一代，朦朧詩列為第二代，而朦朧詩之後則是第三代。1980年代中期，全國各地的詩歌流派開始風起雲湧，有與「史詩」潮流相近的文化派「整體主義」（石光華、宋煒等），也有激進反文化的「非非」（周倫佑、楊黎等），狂歡式的「莽漢」（李亞偉、萬夏等），不乏反諷的「撒嬌」（京不特、默默等），或崇尚日常口語的「他們」（于堅、韓東等）等詩群。1986年10月21日和24日，《詩歌報》和《深圳青年報》聯合推出了徐敬亞等發起的「中國詩壇

1986現代詩群體大展」，包羅了一百多位詩人所組建的六十四家自立門戶的「詩派」，宛如是對朦朧詩世代的集體告別。

　　但這也並不意味著朦朧詩的一代已被文學史的洪流吞沒。1980年代後期到1990年代初，顧城寫出了他風格詭異的晚期傑作《鬼進城》等組詩，楊煉以《太陽與人》等詩集將對傳統與文化的冥想風格推向高峰，嚴力的短詩發展了他的機智旨趣和全球視野，而王小妮以尖銳直白的詩句來書寫個人對生活的奇妙感知，成為當代女性詩人中最突出的代表。1989年六四事件前後，北島、江河、多多、嚴力、楊煉、顧城等一大批朦朧詩人移居海外。1990年8月，在北島等人主持下，《今天》在挪威復刊，以第三代詩人張棗和宋琳擔任詩歌編輯，標誌著對官方文學挑戰姿態的持續傳承。

作為語言創傷的工人階級

　　在對中國工人詩歌的反對聲浪中，有一個基本觀念是基於這樣的前提：工人在發聲的過程中失去了主體性。那麼，我們不得不首先提問：工人曾經獲得過主體性嗎？也許，長期以來，那個叫做「工人階級」的群體被賦予了某種「主體性」，但毫無疑問，這個「主體性」僅僅是主流符號構築的一部分，僅僅具有虛擬的、標籤的完整性，它從來沒有形成真正自主的力量。那麼，當這些工人作為詩人站到了大劇院的舞臺，他們究竟失去了什麼？

　　在我看來，他們失去的不過是主流文化所期待的空洞頌歌或虛假傷感，而他們獲得了對於某種真實（real）境遇的獨特表達。關鍵在於，什麼是真實？真實當然不是「寫實主義」美學規範下的符號化現實（symbolic reality），而是源自內心和世界的深淵或裂痕，是突破了現存思維體系的黑暗核心，是不堪的、無法規範的語言廢墟，是切近真正詩意（而遠離主流符號模式）的夢囈。在天津詩會上，我們可以聽到各種無法用常態語言描述的痛感：「影子們無痛無癢，／可它們卻有很多張嘴，咬疼了我」（魏國松〈這群人〉），或者「此刻它用一條小興場的泥路／反對我的新鞋、歡迎我的熱淚」（吉克阿優〈遲到〉），或者「疲倦與職業的疾病在肺部積蓄

／卡在喉間　不再按時到來的月經／猛烈地咳嗽」（鄭小瓊〈女工：被固定在卡座上的青春〉）……。甚至，那種無法派遣的傷痛與虛假的符號化希望令人震驚地碰撞在一起：「現在他筆挺地穿著棉褲和棉鞋／用假肢走進了春天」（田力〈棉褲〉）。

　　沒錯，大劇院的空間是宏大符號秩序的一部分，是知識份子把工人帶上了文化的殿堂。但正因為此，創傷性真實的侵入揭示了符號化現實的不可能：作為符號秩序一部分的大劇院反而褪下了其符號功能——工人詩歌朗誦會在商業意義上的慘敗充分證明了這一點。那麼，我們必須看到的是：恰恰沒有一個可供理想化的完整主體能夠成為他們追尋的目標，因為那個被命名為「工人」的主體只能撕裂於偉岸的符號化現實和它無法徹底抹平或規整的創傷性真實之間。實際上，即使在批評者那裡，大劇院的演出規劃也的確沒有將底層的創傷性真實「昇華」為規範化的美學趣味：「工人『演員』在其上處於令人沮喪的遲滯中，他們的身體行動變得僵硬與熨貼，令他們帶有主流電視臺大型晚會上被遴選出的底層人士身上的人偶氣質」（楊杦〈這是一場無關工人詩歌的討論〉）。坦率地說，在「主流電視臺大型晚會上」，從來沒有過所謂「人偶氣質」的「底層人士」，倒是充斥著制式化的、令人起雞皮疙瘩的朗誦腔，因為那種因過度裝×而必須抑揚頓挫的「高層人士」才是主流娛樂或輿論體制的文化政治權威。從這個意義上，「令人沮喪的遲滯」或「身體行動變得僵硬」以至於「質樸又略顯笨拙」、「操持著並不標準的普通話、配合著略

顯窘迫的小動作」（伍勤〈炸裂之後的沉默，打工詩篇已死於舞臺！〉）反倒證明了工人詩歌朗誦從形式上並沒有受到主流符號律法的宰制，恰恰應和了標誌著底層詩歌美學的精神和肉體創傷。指責「代言人」或「審美家」成為工人詩歌的主導，又從何談起？

二十多年前，一位當代詩人在參觀了工廠之後寫下了這樣的著名詩句：「整個玻璃工廠是一隻巨大的眼珠，／勞動是其中最黑的部分」（歐陽江河〈玻璃工廠〉，這兩行詩還改頭換面地進入了賈樟柯那部工人題材的電影《二十四城記》）。這個「最黑的部分」竟然是眼珠本身，它就不是我們能夠輕易觀察到的客觀現實（客觀現實，無疑是一套按照既定符號法則建構起來的幻象），外在的勞動行為與生活進入了主體內部的黑暗核心。在秦曉宇編的《當代工人詩典》中，我們可以讀到比如烏鳥鳥、郭金牛、魔頭貝貝等人對怪誕或荒誕現實場景的挖掘——他們脫去了被標籤化的工人階級意識，降落到意識深處的無人領地，用創傷化的語言觸摸到了創傷化的精神真實。這個創傷化的精神真實，絕不是「代言人」或「審美家」有能力營造的。

令人唏噓的是，對於批評者來說，為這樣的聲音創造舞臺是體現了「自上而下的審美化整合」（伍勤〈炸裂之後的沉默，打工詩篇已死於舞臺！〉）或「權力化的結構」（楊枕〈這是一場無關工人詩歌的討論〉）——邏輯上極為強大，思想上卻如此荒誕。這個思維方式的出發點，當然是源於工農兵文藝的法則：底層不需要美學標準，只需要政治標準。但假如

美學標準才是政治標準的唯一標杆呢？當昆德拉說「我的敵人不是極權而是媚俗」的時候，他十分清楚，美學上的媚俗是極權的真正基礎，而文藝的先鋒性恰恰代表了政治上的進步意義。對所謂「遴選機制」的不滿，與其說是對「精英主義」的反對，不如說是在骨子裡對於小眾先鋒美學的恐懼，或者說是對於能夠如此精妙地表達創傷真實的語言藝術的困惑。因此，藉口「工人詩歌的主體性」，呼喚「底層文藝走向公眾」，首先體現了文化上的媚俗。

　　同樣關鍵的是，對「工人階級話語的主體性」的依賴，基於相信有一種崇高的、神聖的「工人階級話語」，並且它必須具備完備的「主體性」。但不能否認的是，「工人階級」本身在當今的文化場域內就是一個充分意識形態化的概念，它本身就染上了難以磨滅的主流政治色彩。那麼，所謂的「工人階級話語」不可避免地首先是主導符號體系下的一個能指，而它假設為完整的主體性也無非是這個空洞能指的映射。回到前文的論述，真正的工人主體只能存在於空洞符號能指的壓制與真實的創傷核心之間的裂隙中，是在每一個不同的工人個體的破碎的語言經驗中。如果說語言代表了這個符號世界的宏大他者，那麼在這些工人主體的詩篇裡，我們可以讀到與這個宏大他者的精神搏鬥，可以讀到被這個宏大他者構築起來的意識形態幻像是如何崩潰的。這時，工人階級的主體性也許依舊存留，但它只能被重新理解為是一個開裂的傷口：在語言和夢囈之間，在輝煌的舞臺與粗陋表演之間，在對媚俗的期待與不可遏止的表達欲望之間。

大象無形

——許德民《抽象詩》序

　　許德民提出的「抽象詩」概念，有劃時代的意義。如果說，詩是一種文字的特殊表達，那麼，抽象詩是把這種文字的非功利性推到了一個極端，推到一個純粹凸顯文字能指性與符號性的境遇之上。當然，「抽象詩」的觀念，與抽象藝術是相應的。抽象藝術把視覺藝術從具體的形象中解放出來，讓材料自身所組成的不可名狀的意味來傳遞更內在、更多義的精神律動。同抽象藝術的物質材料一樣，抽象詩的文字具有自身傳遞意義的純粹功能。從最基本的層面上看，漢字作為意素單位本身並不僅僅呈現自身的意義，而是負載著千百年來漢語文化的普遍語境：任何一個漢字都關聯著廣闊的文化網路。但這個網路卻不是先驗的，而是重構的結果。

　　現代詩的秘密在於對語言邏輯的重新組合。那麼抽象詩可以說是這條道路的盡頭，那就是徹底顛覆基本的語言邏輯，讓語言成為碎片和廢墟之後再獲得拯救的契機。我們都知道，許德民是從抒情詩開始詩歌寫作生涯的，而抽象詩在某種意義上是一種抒情的斷裂：它不表達明確的情感，當然也不展示任何知性或智慧。抽象詩所抵達的是精神的真實層面，這個真實有如拉岡意義上的「真實域」，它無可名狀，深不可

測，但容納了某種創傷性的快感。這個創傷便是符號域之下的裂縫，從這個意義上說，語言的裂痕自有其意義所在。

於是，抽象詩把這種創傷性快感表現為斷裂的美感。當漢字作為文字符號的基本元素顯示出這種斷裂的美感時，一種前所未有的詩意便出現了：這種詩意不是建立在語義的重組上，而是無情地消解了語義，或者更確切地說，是通過對詞義的肆意拼貼展示出語義的廢墟。在許德民的抽象詩裡，「字」（letter）獲得了拉岡所說的「絕爽」（jouissance）意味。如果說單一的「字」（S1）需要另一個能指（S2）來賦予它意義的話，那麼許德民讓「字」作為真實域的內核懸置在它們自身的虛空裡——也就是說，不屈從於語言的秩序，而是在這個秩序的縫隙裡保持著未完成的、延宕的姿態。在這一點上，許德民的抽象詩和我自己實踐的抽象詩相比，做法不盡相同。在許德民這裡，「字」具有某種類本體性的，「原物」（Thing）的特性：它原本只是一個硬核，你似乎無法撬開它深藏的意義；但這個意義只能是回溯性地建構起來的，它的符號化過程——詩的展開過程——便是不可能全然符號化的過程，因為符號化本身無法徹底掩蓋裂縫本身的創傷性。

因此，抽象詩並不僅僅是能指的自由滑動與遊戲。抽象藝術中的「大象無形」，在抽象詩的範圍內同樣適用。甚至也可以說，每一個讀者都是盲人，只能摸到這頭「大象」的吉光片羽。當然，我說的「大象」不是「大象」，因為它沒有什麼可象的。抽象詩並不描摹什麼（它不是寫實主義的，不需要去「象」某種客觀世界），也並不抒發什麼（它不是

浪漫主義的,不需要去「象」某種主觀情感),甚至不隱喻什麼(它也不是象徵主義的,不需要去「象」某種主客觀的神秘對應)。抽象的(無形的)「大象」是一種自我抽離的「象」,從具體可辨的形象和物件那裡抽離出來,從語言的完整符號性那裡抽離出來。因此,那頭被期待可摸清全部底細的那頭「大象」其實只是一個空缺(void),是那個老子意義上具有本體色彩的「大象」,隱藏在許德民「無形」的抽象文字背後。那麼,與抽象詩的遭遇,必定是與那個「無形」但真實的「大象」的遭遇。必須再次強調的是,這個真實不是終極的完美境界,而是充滿著創傷性裂痕的精神圖景:這樣的圖景在許德民的抽象詩作品裡,經由漢字的激發如今呈現出前所未有的緊張和快意。

高原上的高音

——讀李成恩詩集《酥油燈》

　　在李成恩的新詩集《酥油燈》裡，我們可以看到一般女性詩人的作品中罕見的開闊風景。在令人印象最深的〈唐古拉〉一詩裡，李成恩以令人驚歎的豪爽個性表達出對高聳的雄性的象徵性征服：「雄性的山／結冰的山／超過世上／雄性的人／／我是女人／我想爬上／唐古喇山」。顯而易見的是，這種征服性的「爬上」並不是對異性的勝利，反倒是體現了極為親蜜（請原諒我的錯字）的挑戰（但絕非輕佻的挑逗）。唐古拉不僅是雄性巍峨的，而且是「結冰的」，用冷峻（或甚至冷酷）拒絕著親近。基於女性主體「俠骨柔情」（〈狐狸偷意象〉）的自我認知，李成恩對高原和群山的擁抱既來自勇氣，也當然來自激情。正如男性詩人大概更善於體驗女性的柔情與魅惑，也許只有女性詩人才最能感悟西部雄渾的景色：「雪山還騎在它們背上」（〈犛牛黑壓壓的〉）凸顯出自然的脅力，「烏雲配得上天空／因為天空空得只有烏雲」（〈草與烏雲〉）則飽含了某種精神超越的意境。這兩句，正如李成恩的大部分詩句，並不囿於傳統詩學的優美（beautiful），而更迫近充滿自然偉力的壯麗（sublime）：作為對「白雲」的蓄意覆蓋，「烏雲」為整個畫面增添了震撼感。即使在提及白雲

的時候，李成恩也不忘強調白與黑的鮮明對照——「我請求白雲／再白一點／因為我身上的黑暗／太黑了」（〈我請求白雲〉），這樣的籲求試圖通過高原的白雲來反襯自我的卑微。在更多的時候，詩人筆下的自我和他人都和自然的景物融為一體，彷彿內在自然與外在自然的邊界不復存在：「我的平靜與薄雪恰好遇到一起／……／他臉上有白雲翻滾」（〈草原鋪薄雪〉）。

在這部詩集裡，西部文明的高蹈與都市文明的淺俗形成了時而鮮明時而含蓄的對照，以至於詩人甚至夢想在城市裡移植高原文明的強悍意蘊：「我答應過你腳蹬馬靴／在長安街上跳芭蕾」（〈馬靴傳〉）將「馬靴」和「芭蕾」扭合在一起，幾乎創造出一種新的藝術表演形態。而在大多數情形下，詩人嚮往的是自然的生命狀態：「我無數次想像／來巴塘／做一條犛牛／低頭吃草」（〈獨自吃草〉）；或者歎息自身所處的馴養生態的無味：「我在野花中／像一朵孤獨的／活膩了的玫瑰」（〈野花〉）。對玫瑰般優雅的不屑和對閨房式潔淨的背棄是相應的。李成恩詩中的草原景色也包含了原生態的牧民生活：「蘭波嘴裡咬著一塊牛糞／……／他的頭髮是草原的波浪／他髒髒的／一身牛羊氣味」（〈蘭波坐在石頭上〉）——這樣的描繪不但不避諱骯髒，而且刻意地展示出污穢本身的詩意。在寫下這些詩句時，李成恩也欣喜地讚歎著自己的寫作：「我的詩／學會吃草了／我的詩／拉出熱氣騰騰的牛糞了」（〈草原筆記〉）——在這裡，平凡的植物和牲畜的穢物被轉化為一種詩的草根性力量。

在雪山和高原上，詩人時時感受到與動物之間的某種親和，以至於兩者之間常常出現神秘的鏡像式對應，比如「我似睡非睡／馬也似睡非睡」（〈雪山傳〉），形成了有趣的相互映照，似乎人和馬一同對這個世界抱持著出世般的混沌心境。在遼闊西部的星空下，詩人還不知不覺地模擬了高原生命所擁有的某種神異稟賦。「我像牛馬睜大了夜的眼睛」（〈與群山對話〉）這樣的詩句，褪去了顧城筆下過度的宏大歷史象徵（「黑夜給了我黑色的眼睛」），閃爍出黑暗中純粹而無瑕的光亮。甚至原本充滿獸性的狼，在李成恩描繪的星空下，也顯示出溫馴而友善的面貌：「狼趴在雪上，它想念人類／……／星空多孤獨／雪山多溫暖／狼心就有多溫暖」（〈雪山星夜〉）；即使是兇惡的狼群，竟也能夠成為促使主體成長的契機：「少年撲向狼群／他迎向了一個兇惡的陣容／……／與狼對視的那個春天／少年長大了／……／長大了的少年／我發現他無限懷念狼」（〈與狼對視〉）——自然野性的兇殘與人類的自我鍛煉和勇氣形成了巨大而令人慨歎的張力。因此，在對於原始野性的表達中，我們依然能夠讀到與「芭蕾」或「野花」相應的某種華美：「我看見獅子的咆哮鮮豔」（〈獅子傳〉）這樣的詩句顯示出女性特有的，幾乎可以稱為壯麗的野性。

這種野性，在李成恩的詩裡，也往往是由具有女性特質的充沛情感所界定的。無情與有情之間，始終產生著某種奇妙的，哪怕是幻覺般的波特萊爾式應和（correspondences）：「滾燙的舌頭舔盡我的淚水／巨大的體魄／誘人的體息／像

一架黝黑的機器／散發神靈與動物混合的轟隆隆的響聲／它的鼻孔裡噴出一團水花／直接噴到我的臉上」（〈尋訪湖牛〉）。而高原的蓬勃生命所迸發出的痛快激情，每每與情感本身所投注的壯美風景融合在一起：「我的淚水像馬匹在時間的風裡／劈啪作響，我的倔強如堅硬的岩石／在雪山頂上碰撞」（〈我痛恨人類為什麼不吃草〉）。詩中，清脆響亮的聽覺和堅硬冰冷的觸覺體現出與高原相應的風骨。在這裡，不僅時間已經來不及讓人冥想，風馳電掣般地逝去，情感的表達也獲取了奔放的速度和力量。

那種高亢激越的抒情聲音在李成恩的詩裡也常常與意象或場景的刀光劍影相應和。「用小刀細細切下風乾的牛肉／切下他臉上那一角美景／異域的美景／風吹美景／風吹小刀細細的笑容」（〈帳篷裡的人〉），將「小刀」和「笑容」並置在一起，顯示出刺痛與愉悅交匯的快感效果。在更為震撼性的段落裡，對西部風景——比如狂奔的河流——的描繪不僅充滿了自然的巨大力量，而且表現了對這種近乎暴虐的力量的嚮往：「波浪的斧子砍下了森林與雪山／⋯⋯／我聽到狂歡向我滾滾追來——／李成恩李成恩／送你一柄波浪的斧子吧」（〈大峽谷〉）。李成恩詩裡的刀鋒意象有時也混搭了頑蠻的意念，喊起「喂！微笑的剪刀手／請跟我走吧／幫我剪掉／更多人身上的羊毛」（〈剪羊毛〉）——我們無須確知那些「更多的人」是穿著羊毛還是披著羊皮或甚至長著羊毛，詩中夢幻出的人類不但有羊的容貌／絨毛，也還要在舞蹈般的刀剪下貢獻出同樣的潔白和溫暖。

那麼，如果說羊群或者剪羊毛的場景還不夠輕快，在李成恩筆下的這些高原獸類中，狐狸的狡黠和聰慧就顯得更為特殊，比如在〈狐狸偷意象〉這首詩裡，狐狸就有著超凡的能力，甚至進入了詩人的寫作內部：「狐狸偷意象，別有一番趣味／我裝作打個盹，她又偷走了我詩中的岩石／……／她在偷吃什麼呢？她吃鳥／她吃岩石裡的意象」──這不是普通的狐狸，是和詩人的隱秘內心產生了感應的生靈。在另一首〈白狐傳〉裡，狐狸更和詩人自身難解難分：「而白狐就端坐在書桌上／看我如何在文字裡奔跑／在燈光下拆解一堆枯草／拆解一堆柔骨，拆解前世的我」──我們甚至可以推斷，這個白狐就是詩人的另一個自我，或者，她構想的理想自我，被投射到草原的風景中，承擔著詩人自我鏡像中的「美」、「神秘」、「冷峻」、「柔骨」、「清純」、「端莊」、「敏銳」……（〈白狐傳〉）。

　　那麼，所謂的自然，就不僅是外在的自然界，也是人類自身的內在自然。在宗教背景深厚的藏區文化背景上，精神的昇華並不意味著對身體的離棄，而是訴諸生命和身體本身的：「白天我進入的寺院／到了夜裡／它隨我進入了我的體內」（〈我的寺院〉）。李成恩不僅能夠隨處捕捉與精神同構的生命自然之美──比如〈小和尚〉一詩中對少年喇嘛「羞怯之美」的描繪──也歌頌著精神超越所無法掩蓋甚至必須依賴的身體：「鐘聲裡的肉身／都是我的所愛」（〈喇嘛之歌〉）。

　　對生命的傾心和對死亡的哀慟在李成恩的詩中形成了有

力的對照。作為目睹了自然災難的詩人，李成恩對悲劇的書寫，不是站在一個旁觀者的立場，而是作為一個親歷的受難者和體驗者：「我的手與腳都還在，我的頭顱卻在灰塵裡／與玉樹一起臨風疼痛，嘎嘎作響」（〈玉樹臨風〉）。而災難的場景本身，有時在抒情詩人的眼裡仍然留有「美」的印跡，一方面更凸顯了令人難以承受的生命之痛，另一方面也表達出生命之不屈不撓：「深洞的／嘴裡，／一顆舌頭／鮮豔如花」（〈老阿媽利吉群藏〉），在災後的黑暗廢墟裡，拒絕凋零。

作為一個不僅擁有悲憫，也擁有豪情的女性詩人，李成恩決意要「反對撒嬌的女人」（〈反對撒嬌傳〉）。她目睹和理解的「溫柔」也往往充滿了自然力量的生長或爆發：「她的臉上有一團火苗／她的嘴上有一棵樹」（〈溫柔傳〉），使得女性的理想形象呈現出灼熱而蓬勃的氣質。詩集的最後一輯中，有兩首以雨為主題的詩，但無不在雨中寫出了火的意味。在〈細雨傳〉裡，我們讀到了「嘴裡的閃電燒焦了／無限享受細雨飄飄的日子」；而在〈暴雨傳〉裡，我們體驗到了更超現實的，如火勃發的「雞冠」和「樹冠」：「它的雞冠亦豎起來，在夏日它內心／藏著不滅的激情——暴雨的激情／……／我切下的樹冠，在盤子裡站起來了／公雞也在盤子裡站起來了／烏雲也從盤子裡站起來了」。高原的每一種生命形態都煥發出夢境般的高亢和激越。

詩集的總題「酥油燈」，作為藏區的特有生活／文化符號，則代表了李成恩詩歌美學的另一面，營造出聖潔、寧靜的

空靈氛圍。但「酥油燈」又確乎依然是燈火，有光的閃亮和熱的燃燒——李成恩詩歌提供了多重而豐富的語象可能。正如〈馬上思〉一詩中的詩句，「祖國白茫茫真乾淨」，不僅蘊含了《紅樓夢》所傳遞的空寂義理（內在地應和了藏區文化的佛教背景），也在具體的時空語境中描繪出原野與雪山的空曠與高潔，體現出李成恩詩歌美學對傳統語象符號領域的拓展——在超拔的抒情高度上，堅持著對於平庸現實的跨越，對於詩意之無窮可能的不懈追索。

詩的鋒刃
──讀張鋒近作

　　最早讀到張鋒的詩是在1980年代後期。在當年後朦朧詩的大潮中，張鋒的詩獨具荒誕派的風格，用撕破優雅而直面粗鄙的方式，對當代現實生活的無聊和荒謬進行了無情的描摹。作為一個資深的第三代詩人，張鋒依舊保持著八十年代寫作的衝擊力和爆破力，以猛士般的戰鬥姿態闖入了當今的文學空間，通過尖刀般鋒利的詩句對現實進行瞭解剖。從濃烈的家國情懷發展出來的熱情與憤怒在張鋒的詩裡轉化為對現實的尖銳諷刺和對未來的荒誕想像，深具正義感的社會批判與政治批判結合在一起，形成對歷史與現實的嚴酷挑戰。

　　在《中國民主憲政轉型的九種可能性》這組詩中，張鋒大膽設想了未來歷史的種種轉捩點，將幻想文學、烏托邦文學與荒誕派文學糅合在一起，開啟了一種新穎的文體。這種文體一方面挪用了喜劇的框架，另一方面又將喜劇場景安置在沉重甚至無望的歷史背景上，通過二者之間的糾纏與摩擦產生出匪夷所思的荒誕意味。歷史節點被想像成某種偶發性或災難性的突變，有時十分符合歷史邏輯，有時則是歷史邏輯的中斷，但無論如何都引發了未來歷史的重構。在某些篇章裡，張鋒喚醒了歷史深淵裡的魅影；在另外一些裡，張鋒自己出場，化身為

歷史的急先鋒。現實政治舞臺上的人物也以未來的虛構面貌出現，漫畫式的場景也並非完全醜化，常常笑中帶淚地描繪出詩人假託的夢境。之所以可以稱之為夢境，是因為張鋒的這一組詩恰好體現了弗洛伊德所謂「夢是願望的達成」。當然，夢不是現實。在夢裡，現實被壓縮、被替換了，現實以一種扭曲的樣態呈現出異樣的可能性。而正是這種異樣的可能性，展示出海市蜃樓的幻景。比如，在「之六」中，張鋒設想了臺灣公投通過了兩岸「統一」的選項，但先決條件是大陸「啟動民主憲政轉型」，甚至統一後的總統由臺灣人來擔任。張鋒的烏托邦想像為未來開啟了另類的天地。

　　雖然稱之為烏托邦，但張鋒有時也把這樣的設想看成是愚人節的玩笑。組詩《獻給孩子們的詩和遠方》的第八組先是引了賈島的詩〈不欺〉，但在「上不欺星辰，下不欺鬼神……」的原詩之後，張鋒書寫了「恰逢4月1日愚人節」所發生的——「開放黨禁開放報禁」、「啟動民主憲政轉型」等——這些，既是「不欺」的理想，也是「不實」的幻想。愚人節提供了一次虛構的狂歡節日，一場以假亂真的表演，令人悲喜交加。在這些篇章裡，張鋒實踐了一種與批判現實主義不同的寫作模式，亦即不是撥開蒙在現實表層的虛幻紗幕，而是蓄意上演了一場虛幻的劇場，而同時又揭示出其虛構、幻想甚至玩笑。在這首詩裡，賈島的嚴肅詩句和愚人節的戲耍言說形成了衝突，也暗示了今日世界難以承受的真實與幻想。

　　在《獻給孩子們的詩和遠方》這首規模宏大的組詩裡，張鋒將過去與現在並置糅合，在古今之間的夢遊穿梭中對中國

命運展開了深沉的反思。這組詩的每一首都以一首經典的舊體詩為引子，而隨後的「續寫」或「重寫」則將語境轉換到當代，暗示了現實關懷的歷史延續性。不同於像洛夫《唐詩解構》對唐詩的改寫或其他用現代漢語譯寫古典詩詞的實踐，張鋒的實驗是將原詩文本作為前世的原型，而輪迴到當代的情境遠遠超出了前文本的束縛，大膽描繪或假設了今日中國的種種社會或個人境遇。這就有如把千百年前的經典劇本排演成一齣完全是當代背景的舞臺劇：文化傳統的印記在被擦抹的過程中經歷了「延異」，其中的轉換體現出德里達所謂「蹤跡」的力量。我們在追索這種蹤跡的同時也不得不追索這種蹤跡遭到塗抹的過程。比如從劉長卿的〈逢雪宿芙蓉山主人〉的著名詩句「柴門聞犬吠，風雪夜歸人」，張鋒設想了這位「夜歸人」在「大門口經常有惡犬溜達」的當代社會可能是「被叫去喝茶」，因而「風雪交加夜半才回家」。儘管古詩中的原初字句仍然有效，但唐人那種空靈出世的意境卻遭到了翻轉，原本古典詩意的畫面被嚴酷的現實場景所替代。這個替代的進程是否代表了歷史的倒退？作者留給讀者無窮的思考。

在第七組裡，張鋒徵引了李商隱的名篇〈登樂遊原〉。而詩句「夕陽無限好／只是近黃昏」中血紅的晚霞畫面，以及對於黑夜即將到來的展望，在張鋒那裡鋪陳出深具諷刺甚至絕望意味的場景：「我的心是紅的／和黨旗一樣鮮豔／如戰旗美如畫／四九年以後漸漸變成／大姨媽一樣的暗紅色／後來又紅得發紫／最後變成了黑色／天當然要跟著我／一起黑」。這裡，紅歌〈英雄讚歌〉（電影《英雄兒女》插曲）的歌詞

「戰旗美如畫」先是鋪展出純潔赤誠的鮮紅色信仰，但隨即紅色蛻變成暗紅（甚至還跟生理排汙相提並論），又經由「紅得發紫」的反諷式變異，逐漸走向漆黑的天色。李商隱詩中從極致之美中想見衰落的哀歎被保留了原初的辯證構架，但張鋒將之轉化為對宏大象徵的批判性反思。可以說，宏大象徵是極權話語最有效的隱秘思想武器，它從語言層面上抵達了信仰，並由此塑造了人的精神領域。如果說在主流話語體系中，紅色代表了一種政治信仰的專有色彩，那麼，這種色彩在對張鋒而言，有如李商隱詩中夕陽的鮮豔一樣，迅速地走向衰亡。事實上，這種被歌頌得「美如畫」的色彩，也已經日漸暴露出「畫皮」背後掩蓋的黑暗本質。

那麼，黑暗甚至不僅僅是政治高壓的結果，也可以說是整個中國社會進入了一種從上倒下「一起黑」的狀態。組詩的第七組中徵引了杜牧的〈清明〉，但引申出當代社會的答案：「借問酒家何處有？／到處有／牧童遙指杏花村／杏花村的饕餮大餐／足夠公子王孫們吃」。從某種意義上，政治與社會的雙重腐敗使得當代的詩意與古典的詩意產生了巨大的斷裂。這不僅是張鋒這一組詩的根本指向，也是他近作中建立在文化觀照基礎上的批判鋒刃。這種通過歷史反思獲取的對現實的嚴酷批判，為當代詩壇貢獻了獨特而尖銳的視角。

快感之快
——駱英《第九夜》序

　　駱英的長詩《第九夜》是一部快速的詩，語言大刀闊斧，酣暢淋漓，充分體現了詩人所謂的「意境冒險」（駱英贈我簡體版《第九夜》扉頁上的題辭用語）。所謂「冒險」，便是對於某種險境甚至絕境的無畏探索——駱英本人就是一個登山家和探險者——對世界的征服，對語言的征服，對自我的征服，這些無疑是駱英所不懈追求的。從某種意義上說，詩歌寫作就是通過語言來面對世界之「險」，是內在衝動與外在險境的一次搏鬥。如果說在現實裡，駱英曾經創造過華人登山速度最快的世界紀錄，那麼在詩裡，駱英也在風格上開拓出一種情緒充沛並快捷推進的詩歌寫作。恰恰只有這種速度和密度，才恰如其分地表達了詩人所處的那個現實的時空形態——時間形態上躁動的社會躍進，空間形態上物質生活的濃郁刺激和強烈擠壓……。因此，從某種意義上說，這種時間意義上的「快」也是空間意義上的「快感」——jouissance這個精神分析大師拉岡的概念，我通常稱之為「絕爽」——一種絕頂的、血脈賁張的充盈，但同時又是對這種巔峰體驗的斷絕，甚至棄絕。作為「絕爽」，快感體現了創傷核心（traumatic kernel）的震撼力，透露出深不可測的巨大真實（the Real）。比如像

這樣的段落：

> 乾杯，以咖啡的名義乾杯
>
> 為了這坦率而又迷亂的誘拐之夜、無恥之夜、放縱之
> 夜、亂倫之夜、時代之夜、物種之夜、乳房之夜、處
> 女之夜、長髮之夜、雄雌之夜以及第二夜之夜、荒山
> 之夜、田園之夜、廢都之夜

不難發現，一種跳躍的、迷亂的速度成為駱英這部長詩的基本
節奏，但詩人強調的是，只有在這種迷亂的享受中才能劈開
享受的幻美外衣，或者說，必須沉浸在這快（感）之中才能
體會到詩人所砍向的「誘拐」、「無恥」、「放縱」、「亂
倫」……。換句話說，儘管駱英在詩中痛擊著這些邪惡符
號，詩人並沒有自我提升為俯視世界之惡的批判主體，而是沉
浸在歷史性之中，以不斷反身的方式進行主體自身的批判。不
過，作為詩，《第九夜》自然不只是簡單的批判性論述，而是
在語言的歷險中完成思想表述的。比如，駱英大量運用名詞動
詞化的手段，彷彿環繞著我們的符號他者直接就是主體的決
斷力，而無需任何中介：「納米我」、「線上我」、「偉哥
我」、「耳語我」、「性欲我」、「陰謀我」……這樣的用語
通過強行改變詞性凸顯了主體對客觀世界的陷入。

　　排比句，也無疑是這部長詩的顯著特色。駱英的句式以
排山倒海之勢奔湧而出，但絕非無節制的亂流，而是源源不斷
的詩句順應著某種推進的陣勢。排比句使得詩的力量不斷積

聚，一方面暗示了物質世界層層疊疊的壓迫感，另一方面也應和了對於這種壓迫的無盡承受和不懈反抗。這樣的描述當然並不是簡單強調某種英雄主義的氣勢，因為這部長詩可以說是混合了清醒的日神精神和迷狂的酒神精神——那麼，從另一個角度來看，排比句也是面對世界的眩暈和沉迷，好像一圈圈擰轉的螺絲釘，似乎一直要擰入到世界的黑暗核心，卻又永遠沒有終結。比如這樣的詩句：

> 是過去之吻、後來之吻、上帝之吻、巫師之吻、亂倫
> 之吻、墮落之吻、初生之吻、毀滅之吻

因此，讀駱英的這部長詩，有一種「痛快」之感。我之所以說「痛快」，自然不僅僅是因為暢快的言說效果，更是因為在這種「快速」的「快感」深處，有一種揮之不去的「痛感」。這便是「絕爽」的精妙含義：一種快感和痛感的混雜。正如我們在〈馬篇‧尾聲〉裡讀到的：

> 以九夜的方式和長度殺死自己，肯定是一匹馬的變種
> 和異形的痛苦決定

換句話說，一方面是快刀斬亂麻般的抒寫語式，另一方面卻是凌遲般漫長的痛感體驗。「九夜」的「九」在漢語傳統裡指的便是「多」（而不是短短一夜），而「夜」則暗示了某種人間煉獄的背景（而不是溫暖光明的白晝）。毫無疑問，〈馬

篇〉裡馬的意象也同時體現了奔馳的迅捷（快）和肉體的蓬勃
（快感）——放縱、享樂——但它卻又是在這個過程中不斷自
我審視、自我解剖，用詩裡的言辭來說，就是「成為一種病變
和異形的標本」，藉以體認時代的徵兆。就徵兆（拉岡視為
相應於隱喻修辭的概念）而言，它必然指涉了隱含的深層意
義——即病症，而這部詩的轉義方式也體現了隱喻的基本構
架。馬和貓及其狂歡墮落的生活構成了《第九夜》的基本隱喻
符碼——當然絕非單一的象徵——而是迫近了難以蠡測的創傷
內核。

　　假如說〈馬篇〉裡的馬代表了某種迅疾的雄壯，那麼相
對而言，〈貓篇〉裡的貓則採取了一種慢的姿態來蘊藏著內在
的敏捷。這隻老雄貓對小花貓的柔情蜜意也無法徹底取代邪
惡，貓的精神象徵——駱英在詩中稱為「雅緻與高尚」——在
詩中蕩然無存，甚至讓位給了肉體的媚態和騷動。動物的形象
暗示了性本能驅力（drive）在詩中的主導力量：在這首詩裡，
局部驅力總是落在快感器官上，無法獲得整體化的愉悅。毫無
疑問，對於絕爽／快感的表達是〈馬篇〉和〈貓篇〉的共同核
心，或者更明確地說，是「陽具快感」（phallic jouissance）佔
據了《第九夜》整部詩的中心位置：

　　　　我以一根穿越世紀或者時代的陰莖挑起巡更的銅鑼，
　　　　敲響一個物種的尋人啟示

如果依據拉岡的命題，「陽具快感」是快感的基本要義，那麼駱英的整部《第九夜》就是對這種「陽具快感」的有力書寫，揭示出它作為驅力圍繞著滿足感的癡狂追求和終極無奈。詩中提到男性性器的段落比比皆是，但往往是作為性力的反題出現的。換句話說，陽具符號不得不以陽具匱乏的面貌出現：

> 我被作為一個觀摩和實習的病理標本
> 男男女女、貓貓狗狗的變種和異形們仔細擺弄或許是
> 我被肢解的陰莖，然後，將其置入一個世紀的廢棄物
> 容器冰凍
> 在一個野蠻的二十一世紀，有一根陰莖穿越了導彈、
> 刀槍的叢林，從伊拉克的戰鬥中脫身，拼命在被屠殺
> 和被精確擊斃前射出最後一滴精液，然後，被順利地
> 肢解，不知向何方向變種和異形
> 道德一旦不再用來審判，文明的核心就如陽痿的陰莖
> 我呢，衣冠楚楚、陰莖堅挺卻被一刀砍斷，連陰囊也
> 一併連根除淨
> 自宮，是首選的死亡方式

在此，驅力被揭示為死亡驅力，從某種意義上，無盡的迴旋和有盡的終結其實殊途同歸。同樣，對去勢（castration）狀態的強調，也可以說是對陽具快感的殘酷（但也是最佳）描述。駱英詩學的快感辯證法直接切入了這個時代的根本，亦即，在

陽具快感的根本處，勃起和去勢是同構的——正如拉岡所說的：陽具便意味著符號化的去勢。這也是為什麼《第九夜》既充滿了快感，也充滿了快感的消失。那麼，快感的「快」也意味著鋒利的「快」，只不過在這裡，「引刀成一快」所自取的並不是「少年頭」，而是男根，是對這個時代陽具快感的無情割捨，並且甚至是自我割捨（自宮）。在這個意義上，「色」和「空」的快感辯證法可能本來就是詩人對於佛性的覺悟：

> 是一片乳房，是一片屁股，是一片呻吟，是一片淫
> 蕩，是一片肉慾，是一片異形，是一片荒亂，是一片
> 狗屎，是一片什麼也不是

這裡，我們讀到的不盡是《紅樓夢》那種古典悲劇式的「白茫茫一片真乾淨」，而更像是某種後現代式的「耗盡」，在碎片化的快感中完成了自我否定的穿越。我們看到的並不是某種超驗的寂滅，而是日常的、鄙俗的終結，並以此完成本詩從肉體經驗出發的精神批判。《第九夜》的冒險歷程也不是《西遊記》那樣歷經八十一次誘惑與磨難後對神性的上升式獲取，而是一次下墜的旅程，一次徑直深入到人性底層的急速俯衝。可以肯定的是，作為登山家的駱英即使在身體的高度超越凡世的時候也不會忘記對精神進行深度測繪。艾略特在〈四首四重奏〉裡寫道：「向上的路和向下的路是同一條。」那麼，朝向深處的衝刺，又何嘗不就是朝向高處的攀登呢？

「黑蝴蝶」和「綠眼獸」都像是神話裡的形象
──讀楊佴旻的詩

　　佴旻寫詩並不是個新手。也可以說，作為一個美術家，他在視覺藝術領域臻於化境的同時，對文字藝術始終抱持著濃厚的興趣，這一點，讓人覺得有點像不僅是藝術家而且而是詩人的米開朗基羅。當詩人試圖獲取繪畫作品裡的畫面感，以避免文字之空泛的時候，藝術家卻可能不滿足於形象本身的無言，又回過來尋找文字的抒情或表意力量。一個藝術家──礙於畫框內的形象還不足以充分表達內在的情動力──迫切借助文字來展示出更實在的意念。米開朗基羅（Miche langelo）確是一個經典的例子：詩對於他來說可以直接抒發出內心的聲音，而繪畫的語言是靜默的，是僅僅訴諸眼睛的，哪怕他在西斯廷教堂的《末日審判》壁畫裡把自己的形象畫到一張臉皮上，臉皮的表情以及背後握筆的手究竟藏有怎樣的訊息，並不是容易說清的。於是，有了米開朗基羅的詩。不過，光是文字的詩似乎還不盡人意，於是肖斯塔科維奇（Dmitri Shostakovich）譜寫了《米開朗基羅詩歌組曲》。詩和音樂的結合證明了，詩和音樂一樣，也是一門時間性的藝術。

那麼，楊佴旻的詩一方面借助了視覺藝術的豐富元素，另一方面也倚賴於文學畫面的動態感以及時間性。也可以說，我們當然可以用蘇軾「畫中有詩，詩中有畫」的名言來描述佴旻的詩，但「詩中有畫」卻無法概括他詩歌寫作中更進一步的展開，包括對（超越了空間性的）時間性的推進。比如這首短詩〈我走了〉：

　　　　陽光下　　你抖動了一下裙子
　　　　紅白色的花瓣兒散落一地

　　　　我向遠方走去
　　　　迎面是雲彩的影子

　　　　我走了　　將不再回來

如果說佴旻的水墨畫深受法國印象派繪畫的影響，那麼這首詩最初的場景也十分接近於印象派繪畫的視覺效果：「紅白色的花瓣兒散落一地」迫近了印象派繪畫中零碎的、紛雜的色彩感，細小的紅白色花朵令人想起雷諾瓦（Pierre-Auguste Renoir）畫作《花園中打傘的女人》裡的花園場景（儘管那幅畫裡盛開的鮮花並不散落在地上）。甚至「抖動」這樣的動詞也營造了印象派風格的閃爍視景。不過，這首詩所帶來的可以超越繪畫的部分不在於第一節裡相對靜態的場景，而在於後兩節中具有敘事性和時間性的場景。再者，繪畫可以表現

雲彩，但只有文字才能書寫「雲彩的影子」——它既有視覺感，又超出了確定的、可以繪製的視像，因為它並非僅僅是遮天蔽日的陰影。「雲彩的影子」或許還帶有雲的形狀，甚至帶有「彩」的色彩感——這些，或許正是一個藝術家詩人所試圖展現的可能。而最後一行對那種決絕心境的直接抒發，更是繪畫無法完成的任務，但卻是上一節「我向遠方走去」的必要延伸和對意義的錨定。於是，文字拓展了繪畫的二維空間，通過時間的維度實現了全方位的感覺表現。

　　不過我仍然應當強調俳旻詩中對色彩的敏銳運用，如「妖風穿過永定河谷旋轉而去／空留下一片青灰色惶恐」（〈說來話長的故事到底有多長〉），「風帶著剛著陸的聖嬰／捧著一隻紅眼綠毛鬼走過」（〈我對太陽說〉），「死去時天涯邊上那一簇藍火升起／成群的藍貓在樹枝間」（〈那不老的愛情〉），「那七星花瓣飄過我雕刻著咒語的脊樑／飄過紫金鳳凰的花冠／飄過飛天駿馬那鵝黃色值裝」（〈路上的仙子〉）……不一而足。正如俳旻在傳統水墨畫中勇敢地加入了色彩的元素，他也在詩中大膽實驗了絢爛的色彩感。不過，在繽紛色彩的文字下，俳旻更在意的是鋪展出一幅幅寓言的圖景——常常像是波希（Hieronymus Bosch）的《塵世樂園》或者布勒哲爾（Pieter Bruegel）的《反叛天使的墜落》這類充滿奇幻風格的畫幅裡的景象：珍禽異獸或者怪力亂神各自呈現出奇特的面貌。比如這首〈嫦娥怎麼沒來〉裡的詩行：

黑蝴蝶微笑著折斷了一隻翅膀
嘮叨著　路途夢寐

綠眼獸邊繫著鞋帶說
嫦娥怎麼沒來

這裡，「黑蝴蝶」和「綠眼獸」都像是神話裡的形象（呼應了
嫦娥的神話角色），但似乎並不具有超人的神力，反倒是要麼
展示出身體的傷殘事件，要麼羈絆在人類生活方式的不便過程
中，同時嚮往著遙不可及的仙女。這樣的喜劇場景繼續延續到
下文中的「天使說　她和天蓬元帥和好了」，給幻想的神界聖
境塗抹上了一層詼諧的人間雜色，包括視覺形象上優雅嫦娥與
粗俗八戒的喜感結合。

　　即使色彩不是重點，突出的畫面和場景依舊是抓住讀者
的主要因素，比如在這首〈這飛刀被戰神吻過〉裡：

晴朗的早晨　又一匹天馬消失了
那飛過的亂箭　那些喪心病狂的天堂鳥

那麼巨大
她飛翔的翅膀

可以看出，倕旻詩裡的神話般場景往往發生在空中，這當然也和波希或布勒哲爾的風格有著隱秘的聯繫——大量飛翔的意象群，但往往反而展示出自由與混亂的難以分辨。這就是〈這飛刀被戰神吻過〉描繪的場景：天馬「消失」，天堂鳥變得「喪心病狂」，飛過的箭也是「亂」的。到了詩的末尾，「我手上的這把斬魔刀　我沒有殺過神」更突出了內心的激烈衝突，與上文對「天馬」和「天堂鳥」的描寫相呼應：英雄壯志所面對的「神」和「魔」，究竟有多大差別？

　　倕旻的詩裡不但有神聖與魔怪的交錯，也常常表達出快感與痛感的交融。在〈那一縷飄蕩的烈焰〉中，馬再度飛向天上的宮闕，有著颯爽的姿態，並且帶來了令人享受的鞭笞：

　　　　東山腳下的河馬　　向著有霧的宮闕
　　　　她飛了

　　　　她責備我
　　　　她用玫瑰花的香味兒編織鞭子抽打我

如果說上兩行依從了畫面感的原則，後兩行則只以文字的力量道出了繪畫無法表達的場景。繪畫藝術難以容納的嗅覺符號（「香味兒」）和觸覺符號（「抽打」）佔據了主要地位，並且與視覺符號（「玫瑰花」）一起組合成具有內在衝突的、多層面的情動狀態。（當然，不少畫家，包括楊・布勒哲爾〔Jan Bruegel〕／魯本斯〔Peter Paul Rubens〕、林布

蘭〔Rembrandt〕等，畫過諸如「五感」之類的寓言畫，但對視覺之外的表現往往不得不作相當用力和不確定的間接暗示。）佴旻詩裡對嗅覺和觸覺的表達還在下列詩句中出現：「音樂也漸變遠去／有燒鵝的香味飄過來」（〈駛往地獄的船上〉）、「他用透明鬆軟的瓶子敲打自己的額頭」（〈睡著的夢境〉），每每想像著天地遨遊中不同而充沛的感受。

　　詩還比畫多了什麼？佴旻的《我對太陽說》這首詩裡的畫面感包含了對話的戲劇化現場，並且表達出某種哲理的隱喻：

　　我對太陽說　你要去天堂嗎
　　不　他說
　　我要去地獄

　　哦　那很好
　　地獄也將不再陰暗

這裡，相對於繪畫的靜止畫面，文字的隱喻功能是通過對話中的衝突感推進的。首先是「我」對太陽的提問——按照人類的粗淺理解，太陽似乎是更高的存在，理應升到天堂的高度。但衝突感在於，太陽的回答恰好相反。回到本詩第一行，「我跑穿了三雙鞋才穿越了時間的盡頭」令人聯想起夸父追日的故事，或許可以想見，詩的時間背景已經到了落日時分，太陽即將墜入黑夜。「我要去地獄」這個回答之所以有力，在於它並不指向一種單一的意義。但無論如何，從「去天堂」這樣一個主導象徵的游離，是「去地獄」所產生的能指鏈的開端，也正

如任何一個能指鏈一樣，它是從否定的姿態起步的。「去地獄」有效地消解了太陽的宏大象徵體系，儘管這並不意味著太陽的象徵符號必定指向一種敗壞。「去地獄」或許是太陽的墮落，或許是它的無奈，或許是它的使命……。不過無論如何，人類對此是報以欣慰的。這是又一次的衝突：儘管事實是遮蔽的，人類必然懷抱希望，太陽的象徵也必定撕扯在自身的曖昧和期待的意義所編織的意指張力中。

那麼，回到本文最初的問題，悖論卻也在於：文字能否真的成為一種更加清晰、徹底的表達形式？或者，文字可以比繪畫更明確地呈現出某種觀念嗎？應該說，單純從文字的一般層面上，回答是肯定的。但從詩的文字層面而言，情況可能恰好相反。作為訴諸感性的一種文字，詩致力於表達的是意義的豐富性甚至衝突感，而不是單一性。這首〈戈壁在飛行的胭脂中塗抹〉的結尾也可以作為本文的結尾：

> 她在檸檬色暖流上放歌舞蹈
> 憂鬱的眼睛遼闊無疆
>
> 又是一個不眠的秋天
> 我們在路上

「在路上」，但卻並不前行，而是「放歌舞蹈」，足以表明「飛行」的目的或許並不是終點，而是身體藝術的充分表達。在視覺的層面上，「檸檬色暖流」給出了不尋常的顏色，

但更不尋常的是「眼睛遼闊無疆」——這又是繪畫藝術無法完成的畫面，似乎語言文字就是旨在填補這樣的空缺而產生的，在意義的錯位空間裡鋪展出感性的豐饒。換句話說，如果僅僅是「視野遼闊無疆」，那就體現不出視野在內心所引發的精神效應——唯有「眼睛」才能帶出主體的與客體的不可分割。而飛行或空中的場景，在俚旻的詩裡其實是頻繁出現的。以這首詩為代表，我們可以看到，在飛行的自由空間裡，俚旻出示了寫作的自由可以抵達何種變幻而多向的程度。

「在重重他者之間」
——讀楊煉《敘事詩》

　　題為《敘事詩》的這部楊煉的自傳性長詩，不僅沒有放棄抒情，反而是用濃重的抒情獨白展演了私人與公共事件的獨特視景。閱讀楊煉的長詩《敘事詩》，既是閱讀一個中國詩人的精神史旅程，也是閱讀個體精神史所折射的當代中國的時代歷程，而沿途的風景正是詩人用文字構築起來的各種險隘與深淵。

　　在本書的自序裡，楊煉表示：「舉目四望，都在重重他者之間，這絕境正是唯一的真實。」被「他者」所重重包圍的「絕境」，可以說是楊煉詩歌的挑戰力所在，迫使我們進入語言的創傷性內核並且感受窒息的快感。這也是為什麼在《敘事詩》裡，楊煉擅長的矛盾性修辭總是帶來某種強烈的絕爽感——如「發甜的死者」（〈水薄荷敘事詩（四）——故鄉哀歌〉）、「玩具般掃射」（〈銀之墟（三）〉）、「一枚漏盡鮮血的水仙」（〈一抹顏色〉）——可以說，在這部長詩中，穿插於東西方的各種歷史事件、場景、人物、影像……都化作了鬼魅的他者，在語言的綿延和突進中匯入血腥和暴力的記憶夢境。對楊煉而言，這種深植於記憶深處的創傷真實無法直接再現，只能從鬼魅他者變異的容貌中匕斜地窺見。除了上

面的例子外，我們還可以讀到詩中反復出現的各種難以蠡測的痛感：「小蟲的殘骸／多年前就碎了」（〈照相冊——有時間的夢〉）、「血淋淋押韻」（〈我的歷史場景之六：克麗斯塔・沃爾芙〉）、「一小時　在鞭打中腫脹」（〈水薄荷敘事詩（四）——故鄉哀歌・八、雨夜〉）……。其中，如「履帶下血紅的泥濘」（〈水薄荷敘事詩（一）——現實哀歌〉）這樣的描繪最令人真切感受到1989年所經歷的歷史的切膚之痛，但詩人關注的不僅是國族的集體災難，也是家庭的個體悲劇：緊接著的「是／一月的梅花還是六月的槐花？」便將六月的公共事件與多年前一月母親之死的私人經驗雜糅在一起。而長詩中各首相對獨立的小詩，也可以從標題上看出，楊煉的精神敘事穿越了古代和當今，東方和西方的種種不同「他者」。

　　甚至在那些優美抒情性的段落裡，楊煉也善於用與鋒利相關的名詞和動詞來暗示精神遭遇的險境，如：「琴弓拉過光迸濺」（〈詩章之二：鬼魂作曲家〉）、「一陣風就吹裂春水」（〈王府井——頤和園〉）、「尖聲唱的河面被月光的倒鉤／提著」（〈不一樣的土地〉）、「青山如刃　雪亮地掠過脖子」（〈我的歷史場景之四：魚玄機〉）、「一場雪劍一樣抽出」（〈一種聲音〉）……在表面上怡然的自然風光或藝術表現場景中蘊含了深深的痛感。那麼，對於楊煉來說，寫作本身也正是一次對於痛感真實的勇敢觸碰：「用字攻佔一團果肉」（〈死・生：一九七六年〉）或者「作品就在陽光中剜出空洞」（〈思想面具（二）〉）無不意味著寫作所具有的尖銳

與強力,意味著詩人將創傷經驗轉化成語言主體對創傷的主動
攫取,以此解除他者的重重壓制。

佳作論析

生命極致瀕臨深淵的呼叫
論｜戴濰娜〈帳子外面黑下來〉

帳子外面黑下來

戴濰娜

你說，我們的人生什麼都不缺
就缺一場轟轟烈烈的悲劇

太多星星被捉進帳子裡
它們的光會咬疼凡間男女
便鑿一方池塘，散臥觀它們粼粼的後裔
你呢喃的長髮走私你新發明的性別
把我的膚淺一一貢獻給你
白帳子上伏著一隻夜
你我抵足，看它弓起的黑背脊

月光已在我腳背上跳繩，順著藤條
好奇地摸索我們悲劇的源頭

一斤吻懸在我們頭頂
吃掉它們，是這麼艱難的一件事
親愛的，你看帳子外面黑下來
白晝只剩碗口那麼大
食言，就是先把供詞餵進愛人嘴裡

為了一睹生活的悲劇真容
我們必須一試婚姻

和平是多麼不檢點
人們只能在彼此身上一寸寸去死
獅群彈奏完我們，古蛇又來撥弄
它黑滑沁涼的鱗片疾疾蹭過脊柱
你我卻還癡迷於身體內部亮起的博物館
辛甜的氣息扎進丘腦，雨滴刺進破曉
在這樣美的音樂聲中醒來
你是否也有自殺的衝動？

遺忘如剝痂，快快抱緊悲劇
趁無關緊要之物尚未將我們裹挾而去

這些悲傷清晨早起歌唱的鳥兒都死了
永夜灌溉進我們共同的肉身

願我們像一座古廟那樣輝煌地坍塌
你背上連綿的山脊被巨物附體
我腦後反骨因而每逢盛世鏘鏘挫疼
——你的痛苦已被我佔有
帳外的麻將聲即將把小島淹沒
我渴望犧牲的熱血已快要沒過頭頂

楊小濱短論 ‖ 生命極致瀕臨深淵的呼叫

　　「帳子外面黑下來」是怎麼回事？原來，「太多星星被捉進帳子裡」！這不能不說是奇妙的想像！但還不止於此：星星的「光會咬疼凡間男女」，這就意味著星星的光必然以芒刺為伴──於是，這首詩觸及了愛的致命內核，一種「絕爽」的內核，無法抽離痛感的快感。這首濃烈的詩貫穿了「一斤吻懸在我們頭頂」這樣盛大卻又重壓到令人不安的歡樂，因而所有的感性都在互相撞擊的過程中鋪展出愛與死的激情圖景。比如，「辛甜的氣息扎進……」便將「辛辣」與「甜蜜」扭合在一起，並且用「扎」字來凸顯刺痛感。同樣，在「願我們像一座古廟那樣輝煌地坍塌」這樣的詩句裡，神聖感與崩裂感也是共生的：一方面，愛或許可以以一種永恆的高度令人膜拜；另一方面，它又必須在抽象崇高感破碎的過程中才能讓人體會其最真切、最人性的切膚之痛。那麼，這首詩的結語「渴望犧牲的熱血已快要沒過頭頂」也就不難理解為對這種生命極致瀕臨深淵的呼叫。

在現實的破敗視景與內心的沉鬱感受之間

論｜張小榛〈長江大橋上貼滿尋人啟事〉

長江大橋上貼滿尋人啟事

張小榛

長江大橋上貼滿尋人啟事，在某個霧氣彌漫的下午
我們路過那裡。只有無家可歸的天使用歎息
輕輕地讀它們。它們的紙張都已經泛黃，
就像腳下淌過的水，漂著油漬、菜葉與灰塵。

你看，她就停在那張紙翹起來的角上，
輕盈如翅膀透明的飛蟲。

多奇妙呢？現在我們找不到她。
我們為雨水開道、為雷電分路，融化北方數百萬年的冬季，
放出南風使大地沉寂。我們一吩咐生長，萬物就生長。
我們在鋼鐵裡播種意念，用導線牽引地極，

借此窺探硫磺的家鄉、死蔭的幽谷。
我們現在能把人送到氣球般的月亮上去。
但我們依舊找不到她。

但我們依舊飲用那水，霧氣中昏黃的水，
一邊舉杯，一邊告訴自己現在
她或許已經到了陽邏，正騎在黑色的大漩流背上
準備伴著清晨的歌聲凱旋；
又或許到了南京，把寬闊的水面誤認成一片海……
我們笑著喝盡杯中之物，拉著手互相鼓勁、互相打氣：
明天就是新的一天了，我們必找到她，因為眾生靈都在
用聽不見的歎息為我們禱告。

我們多麼害怕我們將要找到她。

楊小濱短論 ‖ 在現實的破敗視景與內心的沉鬱感受之間

　　長江大橋，早已是一個宏大的社會歷史象徵符號。想像一下長江大橋上貼滿了千百張尋人啟事：既體現出現實的悲劇，又充滿了超現實的荒誕感。這種無奈，詩人用江在現實的破敗視景與內心的沉鬱感受之間上「漂著油漬、菜葉與灰塵」來表達，在現實的破敗視景與內心的沉鬱感受之間找到了一種精確的對應。詩中貌似輕鬆的語調往往加深了主題的沉重，比如：「你看，她就停在那張紙翹起來的角上，／輕盈如翅膀透明的飛蟲」。而這首詩的亮點正在與此：現實的悲劇喚醒了詩人更多的幻覺，但幻覺並沒有拯救這個世界，反而強化了這個世界的怪異感和絕望感。「我們在鋼鐵裡播種意念，用導線牽引地極，／借此窺探硫磺的家鄉、死蔭的幽谷。／我們現在能把人送到氣球般的月亮上去」有如神來之筆，不斷積聚的力量與傲嬌卻被此後淡淡的一句「但我們依舊找不到她」悉數推翻，之間所營造的張力令人顫慄。這當然不是一首簡單的詩，儘管遣詞造句刻意避免了雕琢。直到平淡的最後一行與標題形成強烈衝突——「我們多麼害怕我們將要找到她」——這首詩的緊張達到了高潮：因為我們將找到的，很可能是一具冰冷的屍體。這首詩的語調極為控制，但內部的岩漿卻無比濃烈。

克制而難以坦白的隱秘
論｜蘇宥時〈未寄出的信〉

未寄出的信

蘇宥時

一天中，我們的聯繫只有
燈熄以前，你贈送的背影。
我的語言疊進一張白紙
惴惴不安，在折痕處反復摩玩。
窗外花與花瓣各懷心事
相近，卻不相同。彼此緘默。
一顆心，無法做到對眾人慷慨解囊。
請允許我將你輕放進一只
早春的晨露，以便我日後
隨身攜帶。我時常自我懷疑，
對我的怯懦深感慚愧。
你大可將春天拒之門外，但不要包括我──
我移居在你出生的深秋，倚靠日落

撿拾野果、哼著歌兒認真過活。
想來你也討厭雨天，
可你是那麼好一個，對世物常懷同情。
雨是雲的情人。問我？
我也不忍心拆散。
我有許多悲傷——假如你肯穿過
香塵覆蓋的表面。其下
松針密布，啼笑皆非。

楊小濱短論 ‖ 克制而難以坦白的隱秘

從開始兩行，作者就用「只有」和「背影」明確給予讀者一種無奈感。「語言疊進一張白紙」和「在折痕處反復摩玩」的描寫也十分精確地表達了一封〈未寄出的信〉所含有的猶疑和羞澀（由此「惴惴不安」一語便略顯重複）。甚至「窗外花與花瓣各懷心事」也恰當地映射了「你」「我」之間的心理距離。除此之外，這首詩好在保持了一種傾訴的語調，但這個語調由於置入了一封未寄出的信，因而既傳遞出試圖表白的心聲，又充滿了克制而難克制而以坦白的隱秘。這恐怕也是詩中出現了如此眾多轉喻的理由，大多依賴於自然的景物，成為情景交融法則的延伸。比如，對「你」也「不忍心拆散」雨和雲的想像。或結尾處籲請「你」穿過表面來關注我的悲傷——而這種悲傷不僅通過「松針密佈」所具有的痛感來展示，也經由「啼笑皆非」這樣具有疏離感的情感向度來描述，使得整首詩跳脫了可能的感傷主義。對「啼笑皆非」一語的創造性徵用將詩提升到了五味雜陳的層面上。

語言喜感與經驗痛感之間
論｜成小二〈低音區〉（組詩）

低音區
成小二

閑棋

坐在遠處的山坡上，
遠到塵世之外，與青山對弈，
頭頂上的天空又高出幾分。

落子無悔，傷疤找到準確的位置，
煙柳在河心扳著手腕，
我把石頭彎過來，製成霸王弓，引而不發。

風不守秩序，它來來回回地邀請我，
拉著我與生俱來的野心，
繞開冬天，白雲被吹到了另一個山頂。

其實這些都是閒棋，
往返搬運，我有被風撕裂的危險，
每一步都可能破局，每一步都會帶走幾片葉子。

碎花裙子

當年鋪下的濃蔭，從箱底翻出來，
裙子上，絮絮叨叨的小碎花，
彷彿接到昨天的電話，
你尚未用完的星星，蝴蝶，還有剩下的半個月亮，
又趕來了，
我喜歡這以舊換新的修辭，
喜歡你把春天穿在身上，在羞怯怯的枝頭，回眸一笑，
分期付息的甜蜜，次第打開，
恰逢潤三月，小鳥先知道，
此處的小鳥正在用滾燙的語言，給美人發信號，
多美的田園風光啊，記憶
帶著簡約的淺藍色，
娘子，那條乾淨的小溪，把白雲拖入水中，
又加映了一場幸福。

低音區

這些平凡的音符聚在一起，
競爭形成泡沫，允許高調拔地而起，
也支持低音區雄渾有力，
星星淪陷在夜色的圈套裡，
月光拉滿弓，為滄桑拔掉毛刺，
弦要繃得足夠緊，才能喊出至死不屈的力，
繃到極致，就可以承受更多的顫慄。
眼淚不在常去的地方登陸，
流水嗚嗚地哭
沿著荒涼，洗過的苦難不含一粒泥沙。
風從骨頭裡抽出最柔美的聲音，
不打結，不崩潰，
其實能在琴弦上破裂，分享病情，
是多麼的幸運，總有幾個瘂子在牆角邊，
捶胸頓足，一輩子也吱不出聲。

楊小濱短論 ‖ 語言喜感與經驗痛感之間

　　《低音區》整組詩具有適度的詼諧調性，以此迫近當今現實的普遍荒誕和無奈。在《閑棋》裡，詩人重新安置了古典詩學意境，把辛棄疾的「我見青山多嫵媚，料青山見我應如是」重寫為「與青山對弈」的棋局，甚至這種棋局表面上「遠到塵世之外」的閑情也無法掩蓋「我有被風撕裂的危險，／每一步都可能破局」的險情。這組詩的確常常將古典詩意嫁接在當代現實感中，比如「喜歡你把春天穿在身上，在羞怯怯的枝頭，回眸一笑，／分期付息的甜蜜，次第打開」（《碎花裙子》），形成了古今之間互相解構的特殊意趣。而「星星淪陷在夜色的圈套裡，／月光拉滿弓，為滄桑拔掉毛刺」（《低音區》）這樣的想像力則又超越了傳統的自然書寫，儘管我們仍可體會到「以我觀物，故物皆著我之色彩」的古典詩學法則。《低音區》這組詩拓展了語言喜感與經驗痛感之間的必要關聯，可以說是近年來鮮見的既有探索性，又具相當成熟度的作品。

東方背景與西方符號之間的雜糅
論｜詩天曲〈雙林寺的蒙娜麗莎〉

雙林寺的蒙娜麗莎

詩天曲

感謝上蒼，我能夠平安地生存
雖然，我不知道明天如何
至少，今天還能夠留戀這個世界
儘管有時候，羨慕像動物那樣活著
那是我內心唯一殘存的天真
你只管說，動物不需要尊嚴和快樂

我明白，除了軀殼在慢慢改變
飄蕩的心，一直不甘寂寞
直白的生活，有時讓五官無處躲藏
喜怒哀樂，常常像時差那樣顛倒
整個春天，我只喜歡剛出窩的燕子

黑白分明的腹背在藍天下打滾
再牛的江山，也只能在它們的眼下

苟且偷生的嚴肅，遮著了鮮嫩
其實，連臉皮都是靠別人的施捨
此刻，她便是雙林寺的蒙娜麗莎
在若隱若現神秘的臉上，微笑
在人們不斷揣摩和爭議的目光中
動感的眼角和嘴角，自然流露出
百分之八十三的高興
和百分之九的厭惡
還有，百分之六的恐懼
當然，少不了百分之二的憤怒

楊小濱短論 ‖ 東方背景與西方符號之間的雜糅

　　這首詩的起頭甚至有些刻意的平淡，或虛晃的簡單，必須等到後續段落的逐漸鋪展才能回溯性地窮盡其特殊的意味。直到第三節，也就是最後一節，我們才讀到了點題的場景：一位女子在照相時的表情令詩人想起了蒙娜麗莎「在若隱若現神秘的臉上，微笑」。顯然，雙林寺的東方背景與蒙娜麗莎的西方符號之間的雜糅正是這首詩有趣的出發點，標誌著當前歷史時代與歐洲文化範式變遷的文藝復興時期之間的某種潛在呼應。不管蒙娜麗莎的表情所含有的多義性之於文藝復興那個複雜變幻的時空有什麼樣的含義，在這首詩裡，作者所分配給這位女士不同百分比的「高興」、「厭惡」、「恐懼」和「憤怒」正是當前中國複雜社會環境所賦予的歧義和曖昧，即「人們不斷揣摩和爭議的目光」所代表的社會時代精神所引發的多重情感反應。至此我們才能重新激發前兩節裡對「天真」動物世界的「羨慕」，對「黑白分明」的燕子的「喜歡」，完成這首詩的結構性對照。

都市的幽靈或獸類王國
論｜斷風〈一次逛街〉

一次逛街

斷風

廣州這座光的大樓，瓷磚的亮度晃眼，
香水顆粒懸浮，以及紅裙無端擺蕩
我蹲於一角，彷彿置身一座聲音的空城
我想像這瓷磚構成的湖泊，映射出的地下王國
有一群落魄的幽靈，有一些自在的奔跑
這個搏動著的巨大胃口，以及涎著汁液的唇
構成大廈的基本機體。在油脂和液體的流淌裡
我保持著純潔的飢餓和無畏的腸子。
隨著飢餓的加深，濃郁的食物衝破
鼻腔的防線。有時我覺得，木架恐龍的化身
就是我。有時，我會打個噴嚏證明我的存在。
把這裡的光當作月光，想像能滿足的
何必去尋找戈壁與沙灘？在這裡，我從鐵軌

中尋找上海的隱喻和雲南的熱帶植物。
這真是一個美妙的地方，就是沒有一個人。
都是大腿。以及腿被囚困於絲襪裡。
淪為思想的奴隸還是欲望的階下囚？
這是我的遠古腳蹼不能理解的。這是
參不透的。親愛的，我能變成一隻鴨子嗎？
真的，就差顛來顛去的大屁股啦。

楊小濱短論 ‖ 都市的幽靈或獸類王國

　　在中國詩壇，自1980年代上海的城市詩派以來，很少再有都市詩獲得足夠的關注。也可以說，如何從都市境遇中挖掘出獨特詩意，可能是這類詩面臨的關鍵問題。這首〈一次逛街〉裡固然有「大樓」、「大廈」、「瓷磚」甚至「香水」、「紅裙」等意象，但好在整首詩並不受限於現實的都市空間，反倒漸次營造出變幻多端的場景，有如電影鏡頭幻化出地下的幽靈或獸類王國，以「巨大胃口」和「涎著汁液的唇」統治著當代社會。在詩人眼裡，這簡直就是一座「空城」，只有「腿被囚困於絲襪裡」，閃露出欲望和誘惑。詩中的「我」原來只覺得自己是被淘汰的甚至是人工拼裝的「木架恐龍」，到了最後卻不得不思考，這樣一個「遠古」的自己能否變成時代所接受的「鴨子」（這個詞語本身似乎也暗示了更世俗的指涉）。末尾，詩人只能以「就差顛來顛去的大屁股」來進行自嘲，對無法（或不願）獲得招搖肉體的境遇發出了無奈的歎息。

書的雙重向度
論│方文竹〈週末，去了一趟
　　北京圖書館〉

週末，去了一趟北京圖書館

方文竹

那麼多的食客會見古人　今人
那麼多的墳墓　那麼多的謊言
鎖鏈和笛手
那麼多的牙齒與我同咬一只櫻桃
誰的汁液照亮了世界
誰的碑石旁放下我的一只新鞋
饑腸轆轆　我摸到了風衣內的速食麵
館前的鮮花照樣盛開

這是春天　我的感動我的澎湃
圖書館是一句巨型語言

我在句法裡摸到了刀尖
館前的鮮花照樣盛開

前不見古人　後不見來者
我只是一個走進圖書館的人
走進自己的證件
館前的鮮花照樣盛開

楊小濱短論 ‖ 書的雙重向度

　　詩的第一行就出現了「食客」的形象，使得圖書館發出了餐館或酒館的誘人氣味。而下文又描摹出「咬櫻桃」的情景，再次把「精神食糧」的隱喻置入了對圖書館的界定中，但剝奪了閱讀的莊重感。甚至「那麼多的牙齒與我同咬一只櫻桃」，幾乎是以漫畫的方式來描繪出迷戀知識的讀書群體。那麼，這首詩也就絕不僅僅是關於書的一曲讚歌。在具批判性的層面上，「墳墓」、「謊言」……同時是詩人發出的對文字的哀歎。而「我在句法裡摸到了刀尖」更是為文字可能出示的暴力敲響了警鐘。詩中「鎖鏈和笛手」的意象也暗示了書的雙重向度：它們既可能奏出優美迷人的樂曲，也可能成為捆綁和權力的工具。整首詩共有三節，每一節的末行都是「館前的鮮花照樣盛開」，一詠三歎地讓感性的「鮮花」形成與僵死文字的鮮明對照。「照樣」二字充分突出了這樣的樂觀精神：不管文字怎樣令人窒息（這也是「巨型語言」的壓迫感暗示的），生命卻始終燦爛無比。

用語言結構將世界符號化的努力
論｜盧輝〈時限〉（外二首）

時限（外二首）

盧輝

燈

每座城都有燈
不是節日，燈也是亮的
罩著你，抵一件暖衣
甚至於，你還可以把夜晚打開，但不是
天上的那個夜晚

你隨意走動
彷彿也是一盞燈，但不會走得太遠
無限的時間，有限的光
很多人在你的前面
不一定都是趕路的人

燈的筆桿子寫四季，大多是分明的
一排排，一盞盞
樹是樹，雨是雨
不用修改
足夠表情達意

有人安於方向

用水澆花，方向明確，誰都能做
一天做好幾遍
潮濕的空氣，都在大街上
與車子賽跑
有人安於方向

立夏過後，各種膨脹的事件
不是一個輪胎
一次爆裂
一腳加大的油門

遠方是借來的
道路是自己的
一輛車聲東又擊西，行道樹
稍遜一籌

時限

整座山都是我的，我吻她
我就是露珠
掛上一滴，看著草長大

這個早晨，霧很新鮮
鳥是過渡時期的
故交。我在樹皮上面
有個記號

這麼多山的隨從，我就愛影子
秋的影，水的影
崖壁，青藤，苔蘚，枝條
時間的影

一年又一年，我順著影子攀爬
比芽更高的果子
比崖更高的
懸念

楊小濱短論 ‖ 用語言結構將世界符號化的努力

　　《時限》這組詩體現了一個詩人所觀察和冥想的事物所能達到的語言性。在〈燈〉這首裡，「燈的筆桿子寫四季，大多是分明的／一排排，一盞盞／樹是樹，雨是雨」把路燈想像成「筆桿子」描繪了燈下的光影形體，正是從一個側面暗示了書寫所具有的普遍力量。那麼，我們也可以看到在〈有人安於方向〉裡，「立夏」與「膨脹」、「輪胎」和「爆裂」在書寫的意義上組成了互相扣合的能指鏈，並基於此表達對現實的理解。而「遠方是借來的／道路是自己的」這兩行特別帶有格言的趣味，再次出示了用語言結構將世界符號化的努力。到了詩的結尾，「一輛車聲東又擊西，行道樹／稍遜一籌」則啟動了兩個成語，使得對於車和樹的描繪獲得了常態敘述無法企及的荒誕意味——後者是通過成語與其適用性之間的緊張度形成的。同樣，〈時限〉一詩中「我順著影子攀爬／比芽更高的果子／比崖更高的／懸念」也是通過往上長的「芽」和高聳的「崖」（且不說這二字還有同音的連結），再關聯到「懸」念所具有的高度，來構成能指的不斷滑動，並且在這樣的滑動過程中遭遇所指的不斷偏移和延異。

古典精神在當代生活下的種種變異
論｜江榕〈答李白書〉（外二首）

答李白書（外二首）

江榕

答李白書

首先發生的，是物質層面的愁
我飲不到唐朝的美酒，也典當不了
你古董般的大衣（今天，它應該上交給國家）
我無法用我的心朝向你的手
因我所愛之物已被禁得七零八落
剩下的，也湊不成一首完整的詩
你勸我同醉，我勸你護肝
請不要沮喪、掃興、賜我青白之眼
因我愛你的劍多過你的詩
我愛你為唐朝注射的腎上腺素多過你不得之志

你有你的劍法，我也有我的心事未了
一個拖家帶口的男人、精神貧瘠的思想犯
要怎樣找回秋風裡被人拾走的魂魄？
「我伏虎之時，不曾見過影子。
少年時，我有嚮往之物
便在商鋪前徘徊，以期入夢
然而皆是飢餓之虎，對我咆哮
久而久之，便降服了……」
「列車現在是臨時停車，預計晚點一小時……」
暴躁的乘客譁然而起，面紅耳赤
既已上車，這麼長的關押，唯能任其擺佈。
陳年往事毋庸再提。停車的
這一小時裡，你可將秋心拆成兩半
與我同銷萬古愁

飼虎記

身體裡的猛虎很餓了，它一直在問

可以吃你嗎？

可以的話，他會從脖子上來一口

並不放血，直接窒息

這是理性的食用方法，但有另一種可能

它會把我放歸叢林，用帶著怨恨與鄙夷的目光

把我趕入世間凡物的佇列

將和尚從方外拉進來，與

將癩痢頭阿四拉出紅塵所花的力氣相仿

我趴在地面上，尋找猛虎踏過的痕跡

但凡塵之心迸生的嫩莖反復刺穿我

風雨山川不動，而殺機四伏

我不住顫慄，邁不出一念之差

我畏懼的並不是作為食物的命運

我畏懼的是僧袍裡刺血的經文

將被撕得粉碎

一朵火中蓮終究不曾教我伏虎之道

應須如鐵，面如生，白刀子進

紅刀子出

某一天，捕虎的獵人或許會發現一具骸骨

擁抱著熟睡的猛虎，像一隻忠誠的倀鬼
坐在虎皮的蓮座之上

致向晚

六月提著暴雨的刀子，為你切生日蛋糕
同一時刻，那個叫神的老頭眼前
詩人向晚，待業青年向晚，工人向晚都沒有分別
事物異狀的一面在陌生處閃光
不可言說之物不僅存在於詩歌裡
我想為你寫一首詩，並非出於唐朝的酬唱
安徽的景物與江西相去不遠
正如第一次到深圳時
我突然發現羅湖區與東湖區存在某種共通
我們的共通並非源於詩歌，而是
源於核心內部正面的期盼
負面的呢？誰不會有憤怒、自私與洋洋得意？
走過我身邊的高中生方才結束了一場死鬥
忐忑等待鬥獸場裡社會對他們豎起的拇指
而此時我在精神裡向你舉杯
浮一大白吧，為這個朝代你還在喘氣
為走到祖國邊疆的阮籍終於忘記了大哭
路有窮時但腳無盡處

壞人的院子裡永遠堆著別人的財富
多少櫻桃樹在等待陌生人的砍伐？
這個季節適合向晚為自己寫詩
用共通的語言向世界宣示主權
明天你的午餐我無從得知
但今天，我們一起在虛構的南山裡銜枚疾走
就像出生也可以是一種入死
呼吸也可以是一種雷聲

楊小濱短論 ‖ 古典精神在當代生活下的
            種種變異

　　這幾首詩或多或少都和刀劍、詩歌、美酒這些事物相
關，也都營造了與古代聖賢的虛擬呼應。在《答李白書》
中，當代話語的「護肝」、「列車」等語詞與李白的古典詩俠
精神產生了荒誕的錯位。而這恰恰是詩人的洞見所在。不同於
一般的向古人或偉人致敬的寫作，〈答李白書〉展示的是當代
主體與詩仙精神的認同失敗。〈飼虎記〉重寫了釋迦牟尼以身
飼虎的故事，但這一次，老虎不是外在的野獸，而是「身體裡
的猛虎」，是主體從內部分裂出去的一部分，它反過來要吞噬
自己（這個自己不再有崇高的犧牲精神，而是「世間凡物的佇
列」的一員）──但無論如何，這種內在分裂可能正是最終抵
達佛性（「蓮座之上」）的必要前提。〈致向晚〉中與當代主
體對飲的則或許是阮籍，不過畫面背景上出現的更多是「待業
青年」、「工人」和「高中生」及其當代生活，以至於「向
晚」這個古典詩學的意象變得越來越可疑，甚至阮籍連窮途之
哭也「終於忘記了」。這三首詩獨到地表現了古典精神在當代
生活下的種種變異，展示出難以消泯的歷史文化張力。

拼貼出無數微型的「異托邦」
論｜陶杰〈飛魚〉

飛魚

陶杰

我喜歡一座斷裂的山勝過一座
完整的山，喜歡流經峽谷的河
勝過在平原上流淌的河。
喜歡向西流的那一截，勝過整條
把大海作為歸屬滾滾東流的河。
喜歡會發呆的人，勝過
像通了電一樣從不發呆的人。
喜歡會迷路的人勝過從不迷路的人。
喜歡將碎紙片拼湊起來琢磨的人
勝過將它扔進紙簍不管不問的人。
喜歡走路蹦蹦跳跳的人
勝過像揣著雞蛋一樣走路的人。

喜歡朝著太陽打噴嚏的人
勝過用紙巾遮著嘴打噴嚏的人。
喜歡把嘴巴說成洞，勝過
說成器官。喜歡晚上照鏡子
勝過白天照鏡子。
喜歡無數碎片映出的臉
勝過一整塊鏡子映出的臉。
喜歡針尖的空虛勝過氣球的空虛。
喜歡螞蟻的歎息勝過獅子的吼叫。
喜歡叮咚的滴落聲，勝過
嘩嘩的流淌聲。喜歡
下雪的冬天勝過不下雪的冬天。
喜歡大雪後的寂靜勝過會場上的安靜。
喜歡狼在人群中的感覺，勝過
人在狼群中的感覺。
喜歡悄悄話，勝過
通過話筒交談。喜歡摸額頭
勝過體溫計插入體內的感覺。
喜歡撓胳肢窩勝過握手。
喜歡毛絨絨的狗叫聲，勝過
光禿禿的門鈴聲。喜歡來自
背後的注視勝過來自前方的打量。
喜歡說不出的快樂勝過
說得出的快樂。喜歡冰山

勝過冰山的一角。

其實，我喜歡海上湧動的波浪線

遠勝棋盤上的楚河漢界。

喜歡用蔚藍來形容天空和大海

勝過把它們分成上面和下面。

但我就這麼做了。現在

我一會變成鳥一會變成魚

變來變去說不清自己到底是誰

再說我也念不好咒語只適合

做一條呆頭呆腦的飛魚遊也是飛

飛也是遊看見孤舟不問來去。

楊小濱短論 ‖ 拼貼出無數微型的「異托邦」

　　〈飛魚〉這首詩的主導語法建立在「（我）喜歡……（勝過……）」的句式上（這個句式毋庸置疑來自辛波斯卡著名的〈種種可能〉一詩），形成了一種排比式的韻律效果。源源不斷的語句湧動，將同一個句式通過不同的分行排列方式來造成節奏上的錯落變化，也消除了一般排比句式的單調感。而從意念的層面上來看，「喜歡一座斷裂的山勝過一座的／完整的山」、「喜歡會迷路的人勝過不迷路的人」、「喜歡螞蟻的歎息勝過獅子的吼叫」、「喜歡朝著太陽打噴嚏的人／勝過用紙巾遮著嘴打噴嚏的人」等等，往往將「喜歡」的立場放在了通常不受青睞的那一邊，當然也就促使讀者思索，「迷路的人」是否因為其逍遙的無目的性而勝過目的性太明確的「從不迷路的人」，或者「朝著太陽打噴嚏的人」是否因為其狂放不羈的性格而勝過循規蹈矩「用紙巾遮著嘴打噴嚏的人」，「發呆的人」是否因為其擁有的冥想式性格勝過了永遠處於被控制的興奮狀態——「像通了電一樣從不發呆的人」，「無數碎片映出的臉」是否因為殘酷地揭示了真實主體的分裂而勝過了「一整塊鏡子映出的臉」那種虛假的自我完整感……。在最後的幾行裡，「喜歡用蔚藍來形容天空和大海／勝過把它們分成上面和下面」引發了不得不在「上面」和「下面」時而成為鳥時而成為魚的擔憂——於是，不願分割上下的「我」最後選擇成為一條飛魚（本詩的標題），因為只有那樣才能同時擁有天空和大海的蔚藍。可以說本詩中的「喜歡……」拼貼出無數

微型的「異托邦」（heterotopias），而在其中，自然的烏托邦
仍然佔據了終極的想像。

情感的力量及其遭遇的無奈
論｜梅雨〈在六月沒有點頭之前，
　你不可以冒昧地獻它一支歌〉

在六月沒有點頭之前，
你不可以冒昧地獻它一支歌

梅雨

在六月沒有點頭之前，你不可以冒昧地獻它一支歌
你曾歌唱粗鹽似的桀驁的星星，可它們並未答應
你把梔子花隨便採回家，卻不許別人向你女人女兒隨便獻花
路一開始就寬恕那些迷路的人
心能接受的人，能接受的事，總是有限
這個夏天要麼老是不下雨，要麼下雨就淹死幾個苦命人
房子一直企圖把我租出去，我的足不出戶
正在使它蛻變成一口老式木箱
黔之驢用空調狙擊長驅直入的夏天
季節倒是愈來愈模糊了
炎熱，卻愈棘手，愈炙手。一如我愚蠢堅守的詩歌

楊小濱短論 ‖ 情感的力量及其遭遇的無奈

雖是一首僅有十一行的短詩，但幾乎其中的每一行都蘊含了潛在的爆發力，使得這首詩充滿了各種困難的向度。詩中無論是「你」還是「我」，都與世界生成了一種富於張力的關係。比如從一開始，向六月「獻歌」可能成為一種「冒昧」，必須等待六月的「點頭」。同樣，為星星的「歌唱」未曾獲得星星的「答應」而變得令人忐忑，因為星星有它們自身「粗鹽似的桀驁」。換句話說，主體對外在自然的頌揚未必是自然世界認可的方式。天何言哉！「粗鹽」一詞所飽含的觸覺和味覺的刺痛感在這裡顯得異常突出。外在世界有時仁慈（「路一開始就寬恕那些迷路的人」），有時殘酷（「要麼老是不下雨，要麼下雨就淹死幾個苦命人」），但都不以人的意志為轉移。甚至「我」和房間的關係變成了前者的依戀和後者的拒斥之間的關係。「一口老式木箱」令人想起棺材的形象，暗示了不祥的生存困境。同樣，詩人把詩歌從內心的湧動也看作是有如「炎熱」、「炙手」的「長驅直入的夏天」，它蠻橫地升騰出烈焰，使得對於詩的「堅守」幾乎是頑固而「愚蠢」的行為。這首詩通過諸如正言若反的方式，將對於外在世界的情感表達始終安置在複雜的境遇中，一方面加強了這種情感的力量，一方面也展示出這種力量所遭遇的無奈。

對塵世存在煙消雲散狀態的捕捉

論｜孫啟放《短詩九首》

短詩九首

孫啟放

逃離

扇貝。一半的海
精緻的鮮味俘獲了君子的舌頭

每一天都有一個惡人立地成佛
每一天都有一筆孽債，就此勾銷

我在語言的灰燼中藏好自己
看滿載人氣的流水，一柄邪劍上的流光

遠方。正加速逃離海岸線的
另一半連綿不息的哀嚎！

黑暗有猩紅的裡襯

這麼多年，我幾乎忽略了這點。

黑暗蠕動。那些酸味提醒了我
我是存在的。
消失，也是一種存在。

整整一個夏季，我口嚼利刃
在黑暗濕滑的胃壁上尋摸
總有合適的地方
正待，翻開它猩紅的裡襯！

風電廠

開闊地是危險的。
風，放低身段貼地疾行

左側不遠處
火電廠騰起柱狀的煙塵
巨大的，古怪的形狀。

風止住身形
伸出探究的腦袋。

巨大的葉片，刀一般削下來！

看見

那些雲翻滾著
伸出了憤怒的腦袋。

風，拼命摁住鼻孔
所有的事物縮成一團

那天我看見一個人的風暴
看見一個人的臉。

那天我看見天空和一個人的臉
是多麼的相似！

望月

夜的臀部緩緩落座。
天空的幕布上
凸顯出一支巨大的犀角
海潮驚退，夜鳥驚飛，大地隆起。
一頭睡犀。一頭
巨大犀角下更為巨大的睡犀！
兩隻細小的眼
兩片晶亮的月。

落日

日落。沙海只戰慄了一下
天地曠無。

一個人的萎頓
一個人，由於美而不能呼吸。

我不該一人孤賞——

前世和今生。即使我能夠

把它們加起來
也承受不起的盛大饋贈！

空穴

你知道，樹是可以行走的。

這些庭院裡的，道旁、山頂以及月亮上的
濃蔭羽毛般滑過心頭
這些於夢中
一瞬間長成的參天大樹

這些獨腳的怪物，紛紛火燒火燎般
提著自己的腳
留下，空蕩蕩曠野上密佈的空穴

情分

我認為落日、砂礫、駱駝刺
以及令人心慌的空曠
都與我的存在無關

炊煙那麼直
是有心人直達天堂的捷徑——

礙於我，一個外鄉人的薄面
風匿於暗處
一整天，都沒有出手

鏡中人

供養體內的囚徒無異於供養猛虎
猛虎的爪子踏上柔軟的草地
飛逝的光線，使一切變得模糊

奔跑。時間在身後，慢得跟不上來
甚至連神的垂顧都要錯過
那麼多人，在道旁死而復生——

這一張鏡像中的臉，交錯著陰陽
交錯著令人震驚的陌生表情

對塵世存在煙消雲散狀態的捕捉 論—孫啟放《短詩九首》

楊小濱短論 ‖ 對塵世存在煙消雲散狀態的捕捉

　　這組八行詩模擬了古典律詩的長度，在短小的篇幅內繪製了夢境般的奇異圖景，其中蘊涵了敏銳而強烈的感受力。「驚退」或「驚飛」這一類詞語表達出情緒的激昂，「猛虎的爪子」或「獨腳的怪物」這類意象營造了令人驚悸的場景（當然還有「令人心慌的空曠」），同時，驚嘆號的使用也加強了語氣。而文字的特異則意在傳遞特異的感受，包括視覺上的「猩紅」、「黑暗蠕動」、「古怪的形狀」、「憤怒的腦袋」，味覺上的「精緻的鮮味」、「酸味」，聽覺上的「哀嚎」，觸覺上的「口噙利刃」、「在黑暗濕滑的胃壁上尋摸」，等等。詩人著重書寫了對經驗世界中震撼感（sublime）的反應。無論是「巨大的葉片，刀一般削下來！」還是「巨大犀角下更為巨大的睡犀！」或者「承受不起的盛大饋贈！」都體現了「大」的威脅感或壓迫感。與之相對（相應）的則是對塵世或存在的煙消雲散狀態的捕捉，如「語言的灰燼」、「騰起柱狀的煙塵」、「炊煙那麼直……直達天堂」都描繪了不可遏止的消逝。於是，一種意念上的昇華將這組詩所鋪展出的奇妙場景推進到更具思辨力的高度。

烏托邦與另一種主體消失的想像
論｜嚴正《凶年》（組詩選章）

凶年

嚴正

火焰的塗寫

這一夜貼著下一夜，你能記得什麼
橢圓的碎片，熔化的燈絲
閉上眼睛，你認出我從遺像上滴
下時的形象，我手的喊聲隱匿
在皮膚下。在你動作的太平洋
你醒著，像爆炸的鬧鐘
像發育結束不了，我坐著
這一夜貼著下一夜，這一夜也是你過的。

和阿巫，小智沿鐵軌遠行

有時候你看到，被舊日曆酸掉的畫面：
阿巫，我，小智
夏天的便裝
那些林蔭，還有兩對襪子和三雙鞋碼的孤獨

那時黃昏確實是一個善於調情的啞巴
比如頭頂歸鳥喉鳴
比如顏色變冷的杉樹
比如我們是墓地的溫軟的稀客

如果再遠一些，夕光中我們有更好的外型
鐵軌線交匯處
陌生的外省貧民區，和
生活垃圾閹割著彎曲的河流

時間不重要

時間不重要，你說的時間無非是
兩株麥穗，幾場雨和
在夜晚流出的電話

某年某月某日，無非是
你夢見那些漸漸被你遺忘的人
你醒來之後繼續著你的遺忘

時間不重要
地球是橢圓的旋轉球體
它不會留下你的記錄

結果，因為，所以，但是
什麼都可以記住，什麼都可以忘卻
我懂得了愛情所沒有的懂得
我原諒了愛情所不能的原諒

我是一個屬於自然的孩子

我是一個屬於自然的孩子
我流著自然的血和人的血——
發情期，睡眠，腹語和陰影
這些變化一個
接著一個：職業病，診療卡，雨傘
和旅行手冊的使用
因為兩條腿，鐵軌上碰撞的聲音
我迷上龐大的木柴

我想做一次幸福的旅行
我，沒有名字
也沒有自己的身體
我在你們的體內靜靜地流出
在每一次黎明集合時：
我與一顆星星為伴
像地球上遙遠的木星和月亮。

凶年

星期天是客觀的，我是主觀的
兩條腿在公園散步
踱去的時間像碑投下的陰影
切線上一點點太陽的時刻
它們依然如此。
天邊與身邊，空與白
一首詩從結尾讀到結尾
那些迷霧般的字眼
在我的腦海攪動著地球上的溫柔。
夜晚和死亡，像一對孿生的主題
眼睛放肆地瞧著
我沒有遁入空門但是我能嗅到
自我的味道。我們隔開山川

與河流，慢吞吞地形式主義的悲傷。

在一個乾淨而明亮的地方

星星灑在湖面

鐵軌旁，我們拋下旅行箱，絲綢，涼鞋

和欲望馳過的電車。

每一千米都有一隻揮別的手

每一年都有在風中凍結的瞳孔

一顆小星球的白等於：

一個凶年，

一分鐘默哀，

一片沒有思想的平原。

每一次回憶都是一次遠眺

像遲鈍的老人凍結的雙手

在雨中

我像一根牙籤

我的舌頭還蠕動著

幾乎沒有速度

我醒在一隻眼睛的黑暗裡

像親人留下的辭

是現實還是回憶？

我像個旅行者，在七月十四日

在不熟悉的城市

我用單音節寫下一則消息：

太陽照在海灣的另一岸

彷彿你還活著：鍾情於別處的風景。

楊小濱短論 ‖ 烏托邦與另一種主體消失的想像

　　本來，這組詩可以寫成某一類常見的鄉土題材詩：悲憫、批判、文化反思……已是這類詩的最高境界。但詩人給我們提供了一些不同的表達和特異的體驗，使得這組詩具有自身不可替代的意義。如〈火焰的塗寫〉中「你醒著，像爆炸的鬧鐘」突出了夜不能寐時的身體爆裂感，「這一夜貼著下一夜，這一夜也是你過的」暗示了我與你之間的無法分割的時間或命運。在〈和阿巫，小智沿鐵軌遠行〉裡，「那時黃昏確實是一個善於調情的啞巴」這樣的比喻也出示了詩人的修辭能力（某種拒斥修辭的詩學其實往往只是掩蓋平庸修辭而已）──令人想起艾略特（T. S. Eliot）把黃昏的天空比喻為病患麻醉在手術臺上──回憶出曾經黃昏時分無言的魅惑。〈時間不重要〉裡有「結果，因為，所以，但是」這樣的詩行，把異質而不可調和的連接詞堆迭在一起，有力地表現出邏輯與思緒的雜亂。在〈我是一個屬於自然的孩子〉裡，我們看到先是自然情境與文明現象的碰撞，而詩人對自然的回歸或許令人想起海子式的烏托邦，但卻是基於另一種主體消失的想像出現的：「我想做一次幸福的旅行／我，沒有名字／也沒有自己的身體／我在你們的體內靜靜地流出」。在此，「凶年」和「幸福」的兩極奇妙地糾纏在一起，也呼應了末首〈凶年〉結尾的一行：「彷彿你還活著：鍾情於別處的風景」──那種「彷彿」或「別處」的「春暖花開」式幸福能夠真的替代「真實」或「此處」嗎？

熱帶風情畫與寓言式小品
論｜周瑟瑟《天外飛仙》（組詩）

天外飛仙

周瑟瑟

你去了木星

你去了木星
昨天下午七點
你從廣州去了木星
你的聲音消失了
你的肉身還在
通往木星的路上
我相信外星人
在我看不見的地方
行星科學家
艾倫·斯特恩說
銀河系裡

存在生命

但他們大部分

都生活在

黑暗的冰下海洋裡

與宇宙隔絕

你沒有與宇宙告別

你去了木星

斯特恩請你告訴

我死去的朋友

讓他用廣播

或者城市燈光

與我聯繫

我會捕捉他

低頻的無線電波

莫干山

我認識半山腰的喬木

我接近

毒蛇的生活

它們張開嘴巴

展示倒牙

問我認不認得

這些閃亮的牙齒

我仔細察看

蛇的嘴裡

有一座莫干山

有人在鑄劍

有人要尋仇

割下一顆頭顱

交給之光老人

此情此景

深深打動了我

莫干山

我在此造一屋

喬木、寶劍與毒蛇

我命中註定

要擁有你們

天外飛仙

你來了

你終於出現

我等你多時

我從睡夢中驚醒

跑到窗前迎接你

茫茫宇宙

奇異的面孔

拖著燦爛的雲霞

我看清了

你的孤獨

你有人類的器官

黑洞的眼睛和嘴巴

你從天琴座方向而來

一頭繫入了太陽系

你從地球下方

朝著飛馬座方向飛去

我親愛的朋友

今晚你來看我

我一切還好

我不相信世界末日

我相信愛情越來越具體

我生活在

地球上的某個房間

偶爾飛上天

如果你不來看我

我還以為你把我忘記

你飛行的速度太快了

下半夜

你是否降臨到了我窗外

看我仰面朝天
進入了夢鄉
像一個天外飛仙

魚吃鳥

蔚藍的大海上
魚飛身躍出水面
白色浪花如煮沸的開水
魚張開大嘴
我看清了它一排牙齒
它咬住了飛鳥
這奇異的場面
讓我興奮
魚也有血盆大口
魚也可以飛起來
只要鳥抬高一點
它就撲了一個空
空洞的嘴張開
一條飢餓的大魚
魚頭
醜陋、笨拙

它在透明的水下

安靜地遊動

我們一起去美洲

哥倫布初謁西班牙女王時

以紅薯獻給女王

我也是這樣

天氣冷了

我請你吃烤紅薯

它們來自哥倫比亞

厄瓜多爾、秘魯

你問我

我們離美洲有多遠

我們喜歡美洲薯類

喜歡它們根莖膨大

葉片翠綠

下次我請你吃木薯

喝木薯酒

我們一起去美洲

楊小濱短論 ‖ 熱帶風情畫與寓言式小品

　　《天外飛仙》這組詩有一些顯見的優點，比如語言乾淨，絕無拖泥帶水的贅詞，也刻意避免任何主觀情感的浮濫投入。甚至在〈我們一起去美洲〉這樣一首題旨上涉及了人間情誼的詩裡，我們感受到的更多是素樸的謠曲風格；「下次我請你吃木薯／喝木薯酒／我們一起去美洲」。這種純真或原始風格與此詩內容的應和，令人想起法國畫家昂利・盧梭（Henri Roussean）的那些熱帶風情畫。這組詩的口語色彩十分鮮明，也基本上以描繪某個場景為一首詩的主線。與大部分口語詩的區別在於，這組詩既不止於簡單的現實描摹，也不依賴於安置廉價的話梗。值得注意的是，在表面的常態語言風格下，詩所提供的畫面提供了超出常態現實的可能。比如借助了某種繪畫中超級現實主義或電影中定格的手段──「魚飛身躍出水面／白色浪花如煮沸的開水／魚張開大嘴／我看清了它一排牙齒」（〈魚吃鳥〉）──既有比喻造成的特殊效果，又有特寫鏡頭般的細節聚焦，使得整個作品產生出各種變化多端的樣貌。〈你去了木星〉、〈莫干山〉、〈天外飛仙〉這幾首則更接近於寓言式的小品。如對於莫干山的印象，就成了「我仔細察看／蛇的嘴裡／有一座莫干山／有人在鑄劍／有人要尋仇」，在夢境般的場景中凸顯了山的鬼魅氣息和險峻氛圍。可以說，這組詩為在現實與寓言之間找到了一種必要的結合。

現實境遇同時體現了內心境遇
論｜袁文章《建築工地上的女人》
（組詩）

建築工地上的女人

袁文章

房子

比針眼小的心分作四間
一對老人一雙兒女各得其所
剩下　水桶腰和絡腮鬍無可寄託

把針線包放大成水泥兜
到工地　提拽快速凝固的日子
澆築愛屋及烏的構想

攪拌機隆隆作響

除了水管　水泥　砂礫
攪拌機還接受醫藥單通知書
和從麻將桌上脫落的危機

快速自轉的傳送帶　把所有無聊
攪拌成比血脂粘稠的命運

轟隆隆的噪音是更高的工地圍牆
牆裡的人　聽不見家長里短
牆外的人　聽不見牢騷和怨言

你不能不信　許多老母親
就是從此時一點點喪失聽力的

水做的女人

沿水泥兜啪啪下落的渾水
是止也止不住的汗滴

極具腐蝕性的液體

足以讓赤紅的醉眼熄火
沾花惹草的雜念發蔫
一場覺醒的白露提前來臨

水做的女人當然吝嗇水
譬如淚滴　能析出微苦的鹽
鹵制自家男人
這極易起皺的土特產
風乾後格外爽口
夾進俗語甚至俚語裡交流
便於提高寡味的食欲

有一些石頭在消失棱角
鄉村的女人　不論清濁
都是揣著善意的流水
接力沖刷著棱角分明的男人

從沉重到輕盈　從粗糙到細潤
除了頑石的密度　一切都在銳減
歲月的河床上　砂礫密佈

任鐵石心腸的人到來
也害怕緩緩的碧波回頭

現實境遇同時體現了內心境遇　論—袁文章《建築工地上的女人》（組詩）

想起小兒女

想起小兒女　工棚就成了佛堂
有一縷檀香爬上眉梢
彌漫的梵音開始在指尖迴旋

遠方　兩份謄抄好的夜晚
連同水泥酸痛的分量
一齊裝進了書包

多事的人灑落一把星星
兩地同時濺起　回應的蛙聲

楊小濱短論 ‖ 現實境遇同時體現了內心境遇

　　作為底層寫作，《建築工地上的女人》這組詩顯然擁有了比寫實主義更深遠的企圖心，因此也就書寫了超出現實境遇的生存狀態——而不僅僅是生活狀態。也可以說，在詩人筆下，現實境遇同時體現了內心境遇，正如組詩第一首〈房子〉的一開始，詩人用「比針眼小的心」來描寫蝸居，那麼蝸居就不只是生活空間的狹小，同時也是在這種逼仄的生活空間下，心靈所遭受的壓抑。這種外在和內在的逼迫與本詩末句「澆築愛屋及烏的構想」（建築工地的藍圖）形成了鮮明的對照，建構出詩學意義和社會意義上的雙重張力。同樣，在〈攪拌機隆隆作響〉裡，建築工地上的攪拌機不僅攪拌了「水泥　砂礫」，詩人也從中想見它攪出了「比血脂粘稠的命運」——這裡，我們既看到了物質現實的景觀，也體驗到勞動過程中所遭遇切膚之痛，還警醒於對形而上的命運的思考。總體而言，這組詩在底層題材的基礎上寫出了複雜而多向度的詩意。

內化為個體精神史的歷史遺跡
論｜阿毛〈每個人都有一座博物館〉

每個人都有一座博物館

阿毛

左邊的青絲，右邊的白髮
和中間的石子

你的室內有勾踐、編鐘
刀劍、針具、苦臉和蜜

有沙漏、竹簡、羊皮卷
指南針和火藥

你的胸中有酒樽、馬匹
塊壘、日月、山川和灰

有心臟和白色骷髏
有蝴蝶標本和黑暗居室

偽和平的射燈照著
啃過疆域、咬過界石的

牙齒

楊小濱短論 ‖ 內化為個體精神史的歷史遺跡

　　我自己在早年的一首詩〈博物館〉裡曾經吐槽道:「但是活的群眾從來不被收藏……」。如今,這首詩似乎是某種意義上的回應,將個體(主體)的生命當作了收藏,把人身(人生)比作博物館,就意味著把個體的歷史──從「青絲」過渡到「白髮」的歲月必須經過佈滿石頭的坎坷道路──放到了能夠和宏大歷史有同等高度的天平上。不過,在個人的精神空間裡,也有著一般博物館可能的藏品:「勾踐、編鐘/刀劍」、「竹簡、羊皮卷/指南針和火藥」等本來都是國族歷史的遺跡,但也已經內化為個體精神史的一部分。而另一些藏品,則更像是與個人生活、個體經驗或文化積澱相關:「針具、苦臉和蜜」、「心臟和白色骷髏」等顯然代表了勞作或疼痛、苦惱或憤怒、情感與感覺、生命與死亡……等各種與肉體生命相關的物件,而「酒樽、馬匹/塊壘、日月、山川和灰」則像是與精神生命更為相關的文化符號。無論如何,個人歷史與國族歷史都逃不開某種令人沉痛的命運。最後,「偽和平的射燈照著/啃過疆域、咬過界石的//牙齒」揭示出博物館作為靜態空間的虛假(人造)安寧無法遮蔽「咬」的肉體行為──個體生命對家國空間(「疆域」、「界石」)的介入也必定與痛感緊密相連。

對於速度的感性描述
論｜周西西〈很快〉

很快

周西西

商玉客棧的酒是快的
快是一種缺陷，不是美德
為了跟上節奏，我不得不用更快的口氣
篡改方言的出生地，以此證明
理想先於生活到達目的地
與一切無形之物對峙，我都深陷必敗之局

說起來天氣無常，這麼快就冷了
我喜歡山間的果子勝於酒杯裡起伏的心跳
我喜歡杯壁上掛著的酒滴，像潛伏在體內的淚
我喜歡的雪，遲遲
沒有從月亮上落下來──
有些事情，還沒來得及開始，就已經結束

他鄉月亮打了個踉蹌，很快下落不明
北風浩蕩，像夜色籠罩南北湖，也籠罩眾生
樹林上空閃爍其詞的星星
看得出夜晚很快，人世很快，它看透
但絕口不提無辜者的無辜
很快，被過路的雲朵遮住了臉

楊小濱短論 ‖ 對於速度的感性描述

　　詩歌史上不少膾炙人口的詩依賴於一個關鍵字貫穿全詩，未必是排比的句式，但造成了類似的複遝效果，使得整首詩有琅琅上口的韻律感。這首詩的關鍵字當然是「快」。在讀這首詩的時候，其實我首先想起的是「快」的反面：臧棣曾有一句名言——「詩歌是一種慢」。但這首詩把「快」寫成了一種「缺陷」，一種「不得不用」的「語氣」，從反面證明了搶佔了「必敗之局」的寫作也能夠出奇制勝。換句話說，這首詩裡的「快」被處理成了貌似無奈的命運：像「天氣無常，這麼快就冷了」、「有些事情，還沒來得及開始，就已經結束」、「夜晚很快，人世很快」這樣的境況顯然在詩裡表達出歎息的憾意。但詩中也出其不意地出現了「我喜歡的雪，遲遲／沒有從月亮上落下來」這樣對於「遲」或「慢」的觀察：在這裡，「慢」和「快」竟然只是莫比烏斯帶的兩面，無限的「慢」比「快」更快，成為提前的終結。由此，這首詩對於速度的感性描述甚至與古老的哲學思考（比如芝諾悖論）產生了微妙的呼應。

生命與死亡的永恆張力
論｜吳投文〈空白〉（組詩選章）

空白

吳投文

空白

我對空白有一種潔淨的癖好
我喜歡一本書中
突然出現的一頁空白
這一定是為我預留的信仰

我在前世的日記中
留下一頁空白
裡面埋著我的一生
這一定是為我預留的貞操

我對空白有一種潔淨的癖好

我喜歡一首詩中
天使為孤獨者的愛折斷翅膀
這一定是為我預留的陷阱

這一生的空白太奢侈
我喜歡在午夜的祈禱中
面對遼闊的虛無
這一定是為我預留的死亡

雪雁

一場大雪降下我的孤獨
那種緩慢下降的孤獨
一片片打濕我的肺
和骨頭

所有的溝壑和陷阱
都被填滿
所有的孤獨
都忍不住顫抖

那些雪地上的墳丘
像倒扣的黃金天堂

此刻，我經過它們
為曾經忽略它們而羞愧

我的目的地
始終沒有到來
我迷戀的那些事物
像愛人一樣消失

墓園

我路過一處墓園
出於莫名的衝動
我決定去看看那些逝者
墓園裡空無一人
只見墓碑森森林立。
我俯下身去
辨認墓碑上那些陌生的名字
歲月帶給它們的殘缺
使我深自愧疚。
我從依稀的字跡中
看見一張張面孔
隱藏在大地荒涼的子宮
而我恍如瞬間已喪失一切

為一種奇妙的崇拜渾身顫慄。
我守望在黃昏的墓園
在這個逝者的國度
墓碑的陰影十分盛大
我的心被無形的絲弦撥動
聽到有誰隱隱地呼喚我的名字
我卻無法回聲。

春天的愛情之書

在春天，我的體癬總是發作
我容忍這羞澀的痼疾
便在花朵的骨骼中飛行
草木變得光潔，而流水帶來高山

我擦著地面飛過，花朵不允許
我擦著樹尖飛過，草木不允許
我擦著雲層飛過，流水不允許
我擦著太陽飛過，高山不允許

我便只有禁錮在花朵的骨骼中麼
花朵的熱烈一塵不染，是我的墳麼
我發酵的心懷著犧牲的意志

我卻終於變成一只蟲蛹，好麼

我願意埋葬在人間浩蕩的塵埃中
如春之留痕，遍體的癬垢是我的烙印
一塊墓碑隆起在春天的花蕾中
淹沒我的哀悼，而復活我的暈眩

楊小濱短論 ‖ 生命與死亡的永恆張力

雖然只有第一首題為〈空白〉，整組詩至少都與像「空無」、「虛空」（當然不是「空虛」）這一類觀念有一定關聯，儘管並非必然有悲觀的指向。詩末提到的「遼闊的虛無」可以看作是貫穿了整組詩的思想背景。「我的目的地／始終沒有到來／我迷戀的那些事物／像愛人一樣消失」（〈雪雁〉）、「墓園裡空無一人／只見墓碑森森林立」（〈墓園〉）等詩句也都將「失去」或「逝去」提升到某種本體論的高度，但既不佇留在個人意緒的感傷主義層面，也沒有走向萬事皆空的另一個極端。詩的抒情聲音始終緊咬在生命與死亡之間的永恆張力上。甚至〈請一頭老虎離開動物園〉中的括弧部分也通過設定某種貌似理性的異在聲音，試圖擦抹對原始生命可能性的提問，卻暗藏了更深刻的疑問，消解了對於回歸自然的確定信仰。而最後一首裡「我便只有禁錮在花朵的骨骼中麼」（〈春天的愛情之書〉）的疑惑本身更呈現出無可消弭的生與死的張力中所蘊含的極致詩意。

意氣風發的少年情懷

論｜秦漢〈五月的風〉

五月的風

秦漢

那時，五月的風像一面紫色的旗
插在少年心房的屋頂
它化作一個栓子，在血脈裡漂流
留下片片廢墟，舌下夾生的漢字
今天，當烙印長出白髮
他用老成的手拔去鴻鵠的羽毛
拋棄焦慮和質疑，飛向心中的王
呵，被風吹彎的腰，燕雀朗朗的笑聲
大地深處那風的屍骨
穿上用舊時的修辭編織的新衣
在心裡蕩起雙槳
大雁飛過，尋覓藍色的天空
你曾是閃電後面的電流，不

依然是潛伏的電流，穿過舌頭
追風的人在歌唱
旋律飄過寂靜的墓地
那地下的幽魂被驚醒，銀光閃耀
他們走進林邊的木屋，將四季置於門外
劈柴，燃起劈啪作響的爐火
用那動人的火苗吞沒風的叫喊

楊小濱短論 ‖ 意氣風發的少年情懷

　　相對於「四月是最殘忍的一個月」（艾略特），《五月的風》帶來的是意氣風發的少年情懷。但即使如此，詩人所展示出的完全不是單向的、無憂的欣快，或稚氣的、青春的視野，反倒是納入了相當程度的曖昧性、衝突性甚至否定性。「紫色的旗」本身就帶有某種神秘的色彩，映出某種黑夜與白晝之間過渡的光澤。詩中不乏負面的場景，但大多引向了積極的轉變：「片片廢墟」被「留下」了，「焦慮和質疑」是要「拋棄」的，「大地深處那風的屍骨」會「在心裡蕩起雙槳」，「寂靜的墓地」上會有「旋律飄過」，而最後，「幽魂」也會「驚醒」過來。詩中有兩處提到了「舌」。第一次明確與語言或言說相關，但吞吐著的是「夾生的漢字」；第二次，風作為「潛伏的電流」，「穿過舌頭」，又激起了新的語言生命。這首詩的結尾與崇尚大自然的傳統抒情詩也大相徑庭：最後，是房間裡柴火的劈啪聲抵禦了門外風的叫喊，成為勃勃生機的象徵。

撲飛、迷失在幻想的微風中
論｜河空裡的醒〈蝴蝶論〉

蝴蝶論

河空裡的醒

從火焰山走到盤絲洞，搖誰的芭蕉扇？
儘管在幻想中微笑著迷路吧。忠於
一個顛倒的世界，方能顛倒眾生？
他們只是偶然經過，往你心坎裡
塞一些悲歡離合，彷彿這樣就能
匯成一條潺潺流淌的生命之河？
每一件事物的搖擺挺進，凝聚成
畢生搭乘的列車，無論你去到哪裡
世事終歸是一場責難，一場鬧劇
又何必，將死水裡的風線拉起？
你本是蝴蝶，野花麗日中盡日嬉戲
清泉倒映著無憂的童顏，山林
迴蕩著無邪的笑語，何以忽然投入

陰險的人世，震惱於車馬之喧？
這些悲戚的面容中，沒有羽翼的自由
難道你還要，從中找出今世的愛侶？

楊小濱短論 ‖ 撲飛、迷失在幻想的微風中

　　這是一首幾乎通篇都是問句的詩，不停留在任何一個確定的陳述上，持續漂浮在流水般的疑惑中。唯一的一個句號，出現在第二行——那是一個祈使句，「儘管在幻想中微笑著迷路吧」，其實也意味著要快樂地享受沒有終點的、漂流式的旅程。這樣的「迷路」當然從起首的一行已經開始了：《西遊記》神話故事裡的火焰山和盤絲洞都和蝴蝶沒有直接的關聯，但或許，詩意的旅程早已迷失在蝴蝶般撲騰的羽翼和鐵扇公主的芭蕉扇之間，並且找不到那隻看不見的手。「顛倒」、「偶然」、「搖擺」、「鬧劇」甚至「陰險」、「悲戚」等等描繪「世事」的詞語，襯托出「世事」之外的「無憂」、「無邪」、「嬉戲」等本應屬於蝴蝶的世界。最後，甚至想要「找出今世的愛侶」都變得可疑，是否因為「羽翼的自由」或許只有在梁祝式的「來世」，以蝴蝶的形態才能獲得？本詩並沒有一個確定的結論。所有的問號都像蝴蝶一樣撲飛、迷失在幻想的微風中。

撲飛、迷失在幻想的微風中　論—河空裡的醒〈蝴蝶論〉

幽閉孤獨中的精神撕裂
論｜遠子〈地下的天空〉（外二首）

地下的天空（外二首）

遠子

地下的天空

給止晦

他獨坐在室內
動作緩慢有如置身水底
向鏡子裡的人鞠躬
像遇見了陌生人
他的衣服已成為身體的一部分
散發著苦瓜的氣味
但他餓得消化不了任何食物
冬天的冷在窗外閃閃發光

他習慣自萬物之中

收集自己的面容

在眾人的臉上

尋找末日的徵兆

他沉淪於自己的絕望

幻想著句號能像子彈一樣

擊中面目模糊的讀者

而自己終將驕傲地活在生卒年的括弧裡

然而，黃昏、荒野和悲傷

並不總是比清晨、市區和寧靜更普遍

他不能確定自己的抒情是否恰當

所以他的牙齒在說話

爭吵之中咬破了嘴唇

血落下來，剪開夜幕

他看見街上的遠光燈

像一張張裂開的大嘴嘲笑他

於是他關起窗

任憑潮水般的黑暗

再一次

淹沒他

關內

這裡的空氣很清新
卻使人想要下跪
電梯裡陌生人的目光
像刀片，在刮我的脖子

從機械的風聲中醒來
試圖找回鞭子
畢竟走得再遠
也只能在原地打轉

我必須承受陀螺的眩暈
必須重新抽打自己
雨下得那麼大
我總是忘記帶傘

行人屬於時代
像一道深淵
隔開其他深淵
像黑暗融入更深的黑暗

而死亡不過是呼出一口氣
霧爬上了鏡片

拯救

堵車的夜裡
他觀察街道內部的淤塞
教養良好的人從車裡伸出脖子

他昂起頭，遠處有光
地下室在燃燒
邊界變得更加牢固

他只是喝醉了，他正在甦醒
他是他們的他
不能在室外停留太久

「冷會將他燒成灰燼
他的大腦空空，幻想詞語
醞釀自身的拯救」

楊小濱短論 ‖ 幽閉孤獨中的精神撕裂

　　這三首詩中都有一個幾乎與世人隔絕的「他」。這個「他」與他人的接觸，要麼被「陌生人的目光」所刮傷（〈關內〉），要麼冷眼旁觀別人「從車裡伸出脖子」（〈拯救〉），但我們看不到「他」的他們的任何互動。在與他人的關係上，「在眾人的臉上／尋找末日的徵兆」（〈拯救〉）這樣的描繪令人想起沙特（Jean-Paul Sartre）《禁閉》一劇中的名言「他人就是地獄」，但更著重於對外部世界災難命運的感受。換言之，「他」是一個游離於社會之外的人物形象，反倒是「獨坐在室內」時「向鏡子裡的人鞠躬／像遇見了陌生人」（〈地下的天空〉），誤將鏡中的自我映像（幻影）當作了他人，但也無非是個「陌生人」，並且必須待之以虛偽的禮節。〈地下的天空〉所描繪的獨處境遇猶如杜斯妥也夫斯基（Fyodor Dostoevsky）的《地下室手記》，但更加幽閉，揭示出孤獨寫作和思考進程中的精神撕裂。〈拯救〉這個標題同樣觸及了類宗教的涵義，不過在最後的內心獨白裡，依舊沒有任何外在的拯救可以寄託，或許只有地下室中的孤獨寫作才召喚起想像中的、期待中的，但未知可否實現的拯救：「他的大腦空空，幻想詞語／醞釀自身的拯救」。

灰塵飄散時的彌漫和緩慢
論｜馬遲遲〈灰塵抄〉

灰塵抄

馬遲遲

灰塵又一次灑落在我居室的地板上
灑落在窗玻璃、電腦以及
牆壁周圍的舊書架上
它們飄落，在我日常的每個時辰
它們甚至進入我書籍的內頁，進入
一扇關好的櫥窗碗的沿面
這些空氣中，細小的浮塵
以一種看不見的速度增殖
它們分泌、排泄
在我生命每一道裂縫的陰影中存在
使我不被察覺，是它們過於微小的體積
沒有重量，擺脫引力。只有此刻
一束從陽臺斜射過來的光

讓我看見它們，在世界的各個角落
在我東西廂房，所有不被曝光的事物的暗面
它們逐年沉積、生長，紛紛揚揚
被人清掃之後，又會飄落更多的
這些粉塵，令我的每一次擦拭
都充滿徒勞。因為它們早已
覆蓋住我表面的皮膚、呼吸
深入我肺核的黏膜
粘附骨髓……

楊小濱短論 ‖ 灰塵飄散時的彌漫和緩慢

　　雖然谷崎潤一郎的《春琴抄》更著名，本詩的標題大概更接近日本古典典籍《玉塵抄》之類。不過把「玉」換成了「灰」，這個標題也就奠定了整首詩的調性：灰塵不僅作為細小、卑微、廢棄的隱喻，也作為當下現實的環境中難以躲避的災害性物質元素，必定引發我們更深切的關注。詩的起首幾行，節奏上的平穩舒坦，描述上的持續鋪陳，都與灰塵飄散時的彌漫和緩慢相呼應。屬於「我生命每一道裂縫的陰影」的灰塵並非純粹的污穢（「分泌、排泄」），反倒必須依賴於「一束從陽臺斜射過來的光」才能被看見或曝露，體現出辯證思考的觀照。全詩一詠三歎式的哀傷在結尾處點明了「擦拭」之「徒勞」——或也是本詩語調為什麼如此平靜（而非激昂控訴，假如控訴可以理解為一種語言的徒勞擦拭的話）——的原因：一種身體上和身體裡的灰塵，既意指了霾害無所不在的侵蝕，也未嘗不是對總體社會環境污染的直觀指認與冷靜批判。

創傷被外在的勇猛姿態所覆蓋
論｜陳功〈廢棄的時間〉

廢棄的時間

陳功

跳崖的樹
樣子是很美，企圖也很美
生死，有時是一種想像
生於兇險，何必在乎身後
心存惡念的石頭
活在自己身體上，就能從體內
抽出尺子，每一個刻度
都有自己的迷茫和讚美
我暗自練習一個趔趄
改變腳趾的修辭
膽怯長了新芽，刀斧也長了新芽
畫餅充饑的人
急於與麻雀一起修剪月亮的體毛

去大勢，隨小庸
阻止雲朵善於攀親的壞習慣
懷揣鐵釘痛定思痛

楊小濱短論 ‖ 創傷被外在的勇猛姿態所覆蓋

　　這首詩裡的景觀，從開頭到結尾，都很自然地令人想起像是名山上的迎客松這一類形象，按詩人的描繪，就是緊抓住山崖，做出「跳崖」的姿態。因此，首先，這是一個高度隱喻性的場景；再者，這裡的隱喻又與某個標準的象徵性場景形成了寓言化的回應。不過，這首詩中持久的張力還不止於此。「樣子是很美」到「企圖也很美」就跨越了美學判斷與倫理判斷的鴻溝，但二者都不乏反諷意味（跳崖的「樣子」和「企圖」美到了可疑），儘管程度有所不同。詩中唯一出現的「我」顯得有些突兀，可以讀作與對象產生不自覺認同的主體，也可以讀作角色化的擬人主體。但「翹趄」是可以「練習」的嗎？又一個可疑的陳述，讓讀者感受到了某種對失敗的虛妄掩飾；而「腳趾」也把「修辭」的嚴肅性拉到了低端。無論如何，經歷了一系列的「膽怯……」、「急於……」和「阻止……」，我們才在末尾發現了「懷揣鐵釘」的秘密：一個最深的創傷，被外在的勇猛姿態所覆蓋。通過多層次的修辭化場景，本詩對單一的宏大象徵進行了清理。

不安的人生軌跡永不抵達終點，也絕不止息
論｜更杳〈越軌〉

越軌

更杳

歸來的人，總是在黃昏，
在鳥叫的洶湧中浮出身影。
淡金色的氣塵中，把消失逆轉
成一個儀式。

那人走著，為身後的景色揚起陣陣訣別。
他用走神繞出一個你。他還沒有來，
人們已經摸到你的臉，又挺刮又寂寞，
似煙波裡傳來一枝荷。

道路是佈滿死肉和壞賬，
可氣流裡翕動著微弱的包紮術。

不可能有一個人的凝視，熔斷道路。
他說。我出生時攜帶的羅盤晶亮如新。

那人走著，身體裡有一個速度在晃，
駕著他往不重要的地方衝與刺。他抱怨：
我四處征戰，從未討伐到
給我釀造苦果的一個。

我嘗試過的越軌，輕弱得像流蘇，
只替我一生貢獻若有若無的風姿。
那人走著，默念：快，浮行完這一世！
我過於嚴屬的姓名，只有在謝落時才美出泉水。

楊小濱短論 ‖ 不安的人生軌跡永不抵達終點，
　　　　　也絕不止息

　　這首詩標題的「越軌」（比「出軌」更廣義）一詞有相當豐富的隱喻含義，但現代漢語詩中卻並不多見。（我能想起的，是蕭開愚〈一次抵制〉的詩句「任何周密，任何疏漏，都是匠心越軌」）。這首詩裡的「越軌」，同樣意味著某種違越，是詩裡的形象所畫出的不安的人生軌跡——「出生時攜帶的羅盤晶亮如新」，揭示了從未依照規範方向感的生活史。詩中用到的另一個詞語「走神」同樣暗示了某種歧出的狀態，為「身體裡有一個速度在晃，／駕著他往不重要的地方衝與刺」作出了一再的提示——那種無法維持「正軌」的衝動或許恰好是拉岡精神分析理論中所謂的「驅力」，永不抵達終點，也絕不止息——這便是動詞「晃」的特殊指向。當然，所有主體的越軌行動都源自「道路是佈滿死肉和壞賬」的災難性境遇，哪怕「微弱的包紮術」也只能成為創傷與崩潰的臨時撫慰。在詩的結尾處，「嚴厲的姓名」再次作為「出生時」的符號規範獲得反思，但「只有在謝落時才美出泉水」的結論也再次呈現出「浮行完這一世」時，「越軌」的生命狀態——儘管有時未必強悍，「輕弱得像流蘇」——所帶來的感性豐盈與滋潤。

抒情中的漫畫與調侃
論｜馬克吐舟〈雨中曲〉（五首）

雨中曲（五首）

馬克吐舟

雨中曲

你從來喜歡下雨
雨落下來，你的傘也落了下來
所有不夠誠實的傘都落了下來

你帶著傘
就像帶著無用而美的必需品
就像帶著我的心
而你離開的時候彷彿驟雨初歇

我想像
你走在雨中就像拂過天空的頭髮

你被雨水淋濕就像小橋上叮咚踏響的木屐
我想像你聽著雨是聽著嬰兒的睡意

你從來記不起擁抱的感覺
卻在那場雨中的陽臺抱著我
像是抱著一個被淅瀝的愛戀所醃漬的大蘿蔔

風把我纖細的刺鼻卷上你伏在我肩膀的臉頰
你像是在搖籃曲中那樣搖擺、呼吸——
從我潔白如柱的身體濾過的呼吸

那就是擁抱的感覺
那就是今後的所有蘿蔔
都會向你提示的：
擁抱的味道

又下起了雨

2018.5.8-10

結石、腫瘤與痔瘡之歌

你像愛人一樣來臨
並不僅僅是溫存地

餵養著那些在多餘中
膨化的日子，也被它們
所餵養

你的傲慢裡
裝著一壺老於世故的妖嬈
你懂得再決絕的剪刀，讓個體成為個體的剪刀
也難以針對肚臍本身，以及
旋繞在其間的污漬
畢竟再不容易的擁有、懷抱
似乎也總會比割捨
容易一點

你說你是蘑菇、藤蔓和珍珠的遠房表親
你說積聚是一種本能，黏著是一項美德
而對於尋找珍珠的人
蚌才屬於附加
就像地心說的信徒
沒有對得科學，也沒有錯得離譜
無論走多遠，總不得不
從直觀的內在
和自我出發，地球
不也就是天河之軀中的我族？

你並不嗜好殺戮

如同任何一個尋常的母親

你在發情在孕育在分娩在擠壓中疼、迸發和伸展

但有的時候

存在即是他者的梗塞

我們也都可能因彼此而生、

而身死

太平間也好，垃圾桶也好

爆裂、結晶或見證

游動的默契和僭越之間

誰都是誰的饋贈

誰也都不比誰更有資格

活下去

你像愛人一樣走了，終於

帶著彼此交纏過的訊息

帶著失去對方以後不著邊際的

清冽，和

悲憫。

　　　　　寫作於2017年9月，為作者《官能現象學》組詩之一。

抒情中的漫畫與調侃　論─馬克吐舟〈雨中曲〉（五首）

籬

讓籬笆戳穿體內的雲
下起了顏色、形狀，那些削尖的鬆軟
漫不經心的沉重
傾覆於骨盆的積水

詞語劃開腸胃
愈來愈充實的飢餓
收割著頭痛時瘋長的毛髮
沒有手拽過你脖子下方的拉鏈

像刮一條活魚
明天把今天洗淨
以便屠宰
鱗片和赤裸一樣疼痛

為了消失，我建造了那座鸚鵡遍飛的花園
繃著言語的牆
欲望的弓
你說堅硬的東西往往美麗

2014.11.18-24

所謂伊人

足夠了
我的鞋上粘滿水草，河中央
不存在你肉質的漁網，也沒有竹筏
點過的眼睛

時間並未烹掉
那條為自己的鱗片所纏繞的魚
我卻吃下它的種子
和刺，所以

古人，別再給我蒹葭折成的哨子
圍繞一處缺口
就足以無止境地悠長。

2012.9.30夜

誇你

不可能的
最忐忑的白菜菜心也比不上你吃飯時稍不注意
就溜出重重保護的

俏生生的笑
泡沫最多的沐浴露也不及你的左臉頰
滑過我脖子後如散架的算盤般
在地面上蹦跳的
想像的十分之一
再古怪的老頭子
都沒法數落你耍脾氣時
自己都沒太當真的
天大的道理

你安在我椎骨上的塑膠大棚
是我洗澡時別著手
也不怎麼擦得到的腹地
你忙於種植，讓離離的草開出人面的桃花
而我蹲在你忘記的事情裡
放牧著斯拉夫民族的風雪

不可能的
最恐怖的海峽也不能真正分開我們就像
不能分開一份本身就寫滿了恐怖新聞的報紙
總有帆影，在手和垃圾桶之間傳遞著危險的情報
總有不甘心的桃子，在爛透之前架起一座從
胃口到長壽的橋

楊小濱短論 ‖ 抒情中的漫畫與調侃

　　這一組五首詩展示出作者相當獨特的抒情風格（無論這裡的「情」是否必然和愛情相關），呈現出繁複、多重、成熟的情感表現樣式。〈雨中曲〉開頭的「雨落下來，你的傘也落了下來」令人聯想起比利時超現實主義畫家馬格利特那幅人體像雨點那樣滴下來的名畫〈戈爾孔達〉，而詩的節奏又充滿了一詠三歎式的歌謠氣息。而這樣的場景──「卻在那場雨中的陽臺抱著我／像是抱著一個被淅瀝的愛戀所醃漬的大蘿蔔」──既有「醃漬」所暗示的過度濃郁情感，又更具有超現實主義的變形特徵，還充滿了自我漫畫化的諧趣。諧趣再往邊緣推進一步，便有了〈結石、腫瘤與痔瘡之歌〉裡「惡之花」般的旨趣，把肉身上的病態贅生物描寫成「蘑菇、藤蔓和珍珠的遠房表親」，甚至在手術後依依不捨地歎息「你像愛人一樣走了，終於／帶著彼此交纏過的訊息」。到了〈籬〉，迷戀式的懷舊轉化為對時間殘忍的體認：「像刮一條活魚／明天把今天洗淨／以便屠宰」；與此呼應，到了〈所謂伊人〉，時間的自我宰割引向了「我」的痛感，甚至是自我哺育和享受中的痛感：「時間並未烹掉／那條為自己的鱗片所纏繞的魚／我卻吃下它的種子／和刺」。而〈誇你〉又回到了某種略帶浮誇的調侃語調，用「不可能的」、「總有……」這一類日常句式，表面上異常堅定，卻反諷地引向了可疑──比如在結尾處，那只吸引了食欲和象徵著長壽的桃子，只不過是邁向腐爛的桃子。

死亡的圖景與味覺的愉悅並置
論｜李不嫁〈懺悔錄〉

懺悔錄

李不嫁

在廣州吃過甲魚
蒸籠裡的煎熬，逼迫它
從預留的小口伸出頭
把一碗香油當做救命水
當它喝飽，身體也蒸爛了，味道好極了
在鄭州吃過黃河鯉
整條活魚端上來，純正的鮮紅
證實黃燦燦的血統。熟練的河南廚師
用滾油猛地燙熟魚肉
嘴巴還在翕動著，尾巴還在擺動著，味道好極了

我知道這很殘忍

但經不住美食誘惑，和同桌之人

推杯換盞，狂歡達旦。我知道我們必遭天譴，但時辰未到

楊小濱短論 ‖ 死亡的圖景與味覺的愉悅並置

〈懺悔錄〉這個標題，無疑與聖奧古斯丁（St. Augustine）的《懺悔錄》和盧梭（Jean-Jacques Rousseau）的《懺悔錄》這些世界文學經典產生了互文的連接。假如說聖奧古斯丁的懺悔是基於天主教教義的贖罪，盧梭的懺悔是啟蒙主義對人性的解剖，那麼這首詩的懺悔則是對中華美食文化的自我譴責。第二行裡的「煎熬」一詞是將現今通用的隱喻詞義恢復為原意，以此揭示烹飪文化的殘酷面。同樣，「身體也蒸爛了，味道好極了」將死亡的圖景與味覺的愉悅並置，「推杯換盞，狂歡達旦」的感官享樂與「我知道我們必遭天譴」的道德警醒並置，也突出了舌尖上的中國難以排遣的精神陰影。此外，像「從預留的小口伸出頭」這樣的描繪相當地擬人化，讓人聯想起商禽的〈長頸鹿〉這一類作品中的寓言視野，對人類自身的命運也有深刻的暗示。

夢想與現存的交錯或糾纏
論｜陳無陳〈西錦街〉

西錦街

陳無陳

路上的卵石擠在一起，也只是
六尺寬的巷子。有幾個我的足印
留下了，在各種呦喝聲中
身體空蕩蕩的。一間四面通風的亭子
剛好容那個滿頭大汗的賣菜大爺從容穿過
他腳下的泥總會在亭子裡留下一些
他的記憶和夢也會部分留下，在那些照片裡
他的笑多清涼啊，像卸空了的船
行駛在狹小的運河。而你看，那些電線
它們糾纏，牽引著什麼，但都在高處
不會把光線完全擋住，更不會
把風擋住。我喜歡斑駁的影落在你的臉上
正如你把命運劃成不同的星座

不同的深邃有不同的美。而一雙嫩白的手
此時遞過來一把時蔬，讓我突然想起
我也會炒幾個菜，儘管不同於別人的炒法
味道卻是合著你的胃口。這裡有
自然的法則，好像一種暗示，在七月的黃昏
我抬起頭，就看見一彎淡淡的月亮

楊小濱短論 ‖ 夢想與現存的交錯或糾纏

　　如何從一個街頭的黃昏市場，一種極為生活化的場景中書寫出多於日常性的體驗？通篇出現的人物，除了「我」自己，似乎只有一兩個菜販，以及一個幻想中的「你」。不過既然有「各種吆喝聲」，應當是一個喧鬧嘈雜的所在，只是作者一開始就用「卵石擠在一起」來替代擁擠的人群，意在將環境描繪推向前景；並且強調的是「在各種吆喝聲中／身體空蕩蕩的」——而這也連結了下文裡「他的笑多清涼啊，像卸空了的船／行駛在狹小的運河」——所有世俗的喧囂都化為內心的空靈，儘管「滿頭大汗」和「他腳下的泥」一點也沒有遮蔽生活本身的質感。一直到最後，一方面生活成為對「會炒幾個菜」來「合著你的胃口」的想像，另一方面現實反倒是「抬起頭，就看見一彎淡淡的月亮」的抒情，作者堅持了某種夢想與現存的必要交錯或互相糾纏。

桃花源旅途的逆向

論｜柳燕〈漫遊者〉

漫遊者

柳燕

冬日的河水比秋日更寂靜。把自己
在一個平坦的河床展開，放出心中青山
白雲，放出自上游一路精心打磨的鵝卵石
放出一個沿河而上的漫遊者，放出他佝僂的背脊
在一個更緩的河灘，漫遊者拾掇一塊薄大理石
掄圓胳膊幫助它用優美的水上漂方式泅渡
他的慈悲在河中央消失了，就像上帝的慈悲一樣
只把每個人推向人間宿命，並未賦予他們抵達的途徑
河流的源頭是一座巨大的山，進山的林間路旁
有廢棄的伐木場，木頭在鋸子下只剩突兀的頭顱
埋在荊棘叢中，有樹樁被連根拔起，作為
更值錢的根雕原材料，那些造型一般的，曝露在林中
螞蟻們在上面建立了王國，它們的士兵列隊而行

來來回回，不知道在忙碌著什麼樣的國事
泥土築就的王國，有延綿不絕的城牆，像微型土長城
再往深處，野草越來越茂密，未被伐盡的杉木和山毛欅
之下，有一些稀疏的喜陰植物，蕨類或刺類
小灌木上的鳥兒們，拍著翅膀躲避不速之客
飛上高高的喬木，嘰嘰喳喳低頭打量著闖入漫遊者
沒有惡意啊。腐葉陳舊的腥味兒那麼厚重，聽聽
野畫眉，該原路返回了，山林最深處，是神的領地

桃花源旅途的逆向 論—柳燕〈漫遊者〉

楊小濱短論 ‖ 桃花源旅途的逆向

〈漫遊者〉這首詩起始於對河邊漫步者略為平淡的描寫，營造出一個與古典山水詩意境大致相似的開闊幽靜氛圍，卻在詩的中途（漫遊到「河流的源頭」）轉而導向了情境的驚悚或不測：「廢棄的伐木場」裡木塊狀如「突兀的頭顱」，或「樹樁被連根拔起」，成為螞蟻王國。接著，螞蟻王國被描繪成類似小人國的領地，而「不知道在忙碌著什麼樣的國事」則甚至帶有寓言性的輕微嘲諷。於是，這個漫遊的旅程幾乎成為經典的桃花源旅途的逆向：如果說陶淵明筆下的武陵人是從俗世進入了樂園，這首詩裡的漫遊者則是從明亮進入了蔭蔽。在佈滿野草、喬木和喜陰植物的世界裡，小鳥只能驚起而躲避從未見過的不速之客。至此，一種驚悸感與純淨感開始奇妙地交織在一起。直到最後，這個充盈著「腐葉陳舊的腥味」的林深處，被稱作是「神的領地」，讀者才悟到了詩的終極指向：世外桃源式的樂園或許恰恰只是幻想的美好凡間，而荒涼腐爛的自然領域反倒體現出精神超拔的神聖境界。

新經典導讀

一次相遇的片段
論｜黃燦然〈半斤雨水〉

半斤雨水

近來我頻頻跟雨遭遇，
好像它不知怎的要來改變我。
今天我上山，又碰到它，
當我走進一個密林遮蔽處，
突然一陣喧嘩，
遠遠看見一片濛濛雨
像晨霧穿過樹林
徐緩而至，下雨的範圍
只有半個籃球場那麼大，
當它逼到我面前，
我本能地往路邊側了側身
讓它過去，一滴也沒沾；
接著又是一陣喧嘩，
又有一陣濛濛雨
徐緩而至，像一位跟在姊姊背後的

美麗而溫順的妹妹。
我來了靈感，改變主意，
我想既然我有這個緣份
要一而再地跟雨遭遇，
既然它不知怎的
好像要來改變我，
我就索性讓它
淋個夠，跟它
溶為一體吧，這念頭
剛萌生，我已上前將它攔住——
我沒有攔住它，
它穿過我，像穿過一棵樹，
在我身上留下約莫
半斤雨水，剛好足夠將我淋透。

楊小濱短論 ‖ 一次相遇的片段

　　與自然的相遇，在傳統的詩裡，通常是抒情主體對自然客體的投射和觀照。黃燦然的這首詩則提供了一種不同的方式：「我」和雨的遭遇被鋪展成一次事件。詩中的時間是否真實發生過，可能並非問題的關鍵。關鍵是，詩中的敘事並不僅僅是小說式的事件記敘，而是將戲劇性的場景濃縮在一個小小的片段裡，建構了一次超越了現實事件的詩性體驗。

　　由此，這一次與雨的相遇也就沒有用紀實的手法來簡單描述。先是感到雨「逼到我面前」，這裡「逼」字顯然對雨還有相當的拒斥感。奇特的是，當「我」出於本能閃躲到路邊時，雨竟然一滴未沾。不過當雨再一次到來時，「我」的心情有了全新的變化。詩人把一陣陣到來的雨比作接踵而來的姊姊和妹妹，讓本來惱人的雨獲得了清新的愉悅感，乃至於某種性感的誘惑。當然，這是一場山林中的雨，意味著這場雨攜帶了自然的潤澤，和姊妹的女性形象所可能蘊涵的滋潤相呼應。

　　想要「攔住」雨，無非是想把雨攔在自己的身體裡，體味與女性般的自然相擁的感受（我曾在自己的詩裡用過「女雨」一詞）。但雨水並不駐留，直接「穿過我」，並「將我淋透」──但這又何嘗不是一種天人合一的瞬間享受呢？

滋味的喜感與痛感
論｜陳東東〈喜歌劇〉

〈喜歌劇〉

陳東東

翻捲的舌頭裡有一朵
小小的味蕾在鞠躬，有兩朵
三朵和更多味蕾——曲體轉向
扭傷了腰肢，像舞場老手們騰雲駕霧
自一種節拍可疑的尖酸
去回望連綿的火焰山紅湯

……漸遠的老辣
沿大地弧形滑到悠渺那邊的
烹飪
他掃過細嚼慢嚥的目光又掃過饕餮
伸出象牙箸，小心把半條魚
釣離蒸汽籠罩的暖鍋

很可能他反而挾走了月亮。儘管
實際上，月亮正背向魚和魚刺
隱入廚房萬千重油汙。一小點
追光，映照一小碗水晶果凍……銀匙
旋呀旋，意欲從圓潤的
凝脂波爾卡，剜出一小口

膩滑扭捏的綿甜舞伴嗎？這
粉面狐腰的夜女郎暗示：「假如你
「記不住此刻滋味……」「那麼
「怎麼樣？」──他剛想要舔破
面前的月亮，一剎時辛苦
螫碎了舌尖

楊小濱短論 ‖ 滋味的喜感與痛感

　　據陳東東自己透露，這首詩寫的是張棗的吃相。但我們也可以不管詩的本事。陳東東的詩往往飽含著既極度感性又變幻多端的場景，也常常與當代生活令人暈眩的經驗相關。這首詩同樣如此：濃烈的味覺體驗被視覺化，佔據了本詩的主要篇幅，形成了味覺超現實主義的奇特效果。這首題為〈喜歌劇〉的詩描繪的對象卻與表演或歌唱無關，而是將一次從紅湯魚火鍋到水晶果凍的味覺體驗鋪展成一種與喜歌劇的觀賞效果可以相類比的過程：或許，過於刺激的味覺經驗令人變得行為乖張滑稽而產生了某種喜感，特別是被辛辣所摧殘的口腔則很可能由於長得太大而形似於歌劇演唱的嘴形，而在味覺的辛辣與聽覺的高亢之間也可能有某種通感。

　　從一開始，舌頭翻捲和味蕾鞠躬的場面就將器官的局部放大到類似舞臺表演的空間：跳舞、腰扭傷、騰雲駕霧……突顯了這種表演的狂歡特徵，而辛辣正是口腔器官狂歡的催化劑。「節拍可疑」一語一方面通過音樂性（「節拍」）呼應了詩的標題，一方面又暗示了這種音樂性的混亂（「可疑」），而「尖酸」則不僅同時涵蓋了聽覺的「尖」和味覺的「酸」，也暗示了生活內在的刻薄（與熱騰騰的火鍋背景形成了強烈衝突）。

　　釣起半條魚和挾起月亮的場景一下子帶入但又即刻瓦解了古典的詩意，把當代生活的享樂、冷酷和戲謔混合在一起。而後半部分中極為性感的「凝脂」、「膩滑」、「綿

甜」又被波爾卡舞曲式一再重複的「旋」和「剜」所攪動，產生出某種甜膩與疼痛的奇特感受。而這也是這首詩結尾所強調的：「舔破」一個美好幻像的願望引發了舌頭遭受蜂「蟄」般的痛。一方面，「蟄」暗示了蜂蜜的甜；另一方面，味覺的「辛」「苦」與享樂過程的辛苦相比，也增添了本詩對當代生活複雜感性的認知。

興奮或醉意帶來的語言纏繞
論｜侯馬〈夜行列車〉

夜行列車

侯馬

我們坐在硬座車廂

周圍的白人黑人

昏昏欲睡

黃種人輔導員

耳麥傳出京劇唱腔

我用一瓶啤酒

打開另一瓶啤酒

又把開了的啤酒蓋兒蓋上

打開這瓶啤酒

再把開了的這瓶蓋好

去開又蓋上了的那瓶

楊小濱短論 ‖ 興奮或醉意帶來的語言纏繞

　　侯馬這首詩如同一幅微型的生活畫卷，又從語言表達上營造了令人眩暈的效果。詩中的第一層繁複來自這個硬座車廂內不同膚色的乘客。硬座車廂往往映射出生活最底層的狀態，不過在這裡，似乎是國際學生的一趟旅程，使得車廂變得多彩而安靜。首先是外國學生與中國生活的游離與中國輔導員對傳統藝術的迷戀形成了對照。但中國輔導員戴上耳麥的旅程又何嘗不是另一種對現實的逃避？在詩的後半段裡，「我」打開和蓋上一瓶又一瓶啤酒，才真正體現了對生活的投入（即使是在夜裡）。有意思的是，「我」專注的是啤酒瓶與啤酒瓶之間互相開蓋的動作過程，卻沒有任何關於喝啤酒的描述。作為遊戲的行為佔據了這段敘事的核心，並且這場不管是自娛還是表演的遊戲由於表述的過程的複雜顯露出相當的多義性。這後半段的六行有種繞口令的效果，也未嘗不能理解為酒意的興奮或醉意帶來的語言纏繞的樣態。這首短詩擷取了穿越黑夜的火車車廂裡的生活片段，也顯示出口語敘事所能達到的不確定性。

現代性及其不滿
論｜蕭開愚〈一次抵制〉

一次抵制

蕭開愚

當幾個車站扮演了幾個省份，
大地好像寂寞的果皮，某種醞釀，
你經過更好的冒充，一些忍耐，
迎接的僅僅是英俊的假設。

經過提速，我來得早了，
還是不夠匹配你的依然先進，依然突兀，
甚至決斷，反而縱容了我的加倍的遲鈍。

這果核般的地點也是從車窗扔下，
像草率、誤解、易於忽略的裝置，
不夠酸楚，但可以期待。
因為必須的未來是公式揮淚。

我知道，一切意外都源於各就各位，

任何周密，任何疏漏，都是匠心越軌，

不過，操縱不如窺視，局部依靠阻止。

　　　　　　　二○○五，十一月十八日，車過山東的時候

楊小濱短論 ‖ 現代性及其不滿

　　蕭開愚這首晦澀但頗具影響的詩儘管貢獻了幾個時常為人援引的警句，比如「一切意外都源於各就各位」等，也有不少在外圍兜圈子的評論，卻一直沒有具體實在的解讀。我試圖從這首詩的現實背景（穿越「幾個省份」的火車）和標題中「抵制」之間的張力入手，假設火車的行進象徵了單一化的現代化進程，那「抵制」則可以理解為對線性歷史模式的心理阻隔。「經過提速，我來得早了」是相當關鍵的一句：「提速」本身是鐵路運輸系統的更新，也隱喻了現代化進程的加快。「來得早」則表明了某種錯位，因為既沒有足夠的心理準備，也還存有沉重的文化負擔（「我的加倍的遲鈍」），才「不夠匹配你的依然先進，依然突兀／甚至決斷」，因為「先進」、「突兀」、「決斷」都是現代化的基本特徵，卻難以被個人消化。「果核般的地點也是從車窗扔下」（現代性目的論的終點只不過是臨時的、可棄的終點）呼應了上文「果皮」用削果皮的視像比喻火車在鐵軌上行進的樣態。「草率」、「誤解」、「可以期待」等當然也是現代化的各種正負面向，而「酸楚」一方面暗合了果皮（酸味）的比喻，同時更指向現代化社會在內心的感受。這首詩的結語之一「必須的未來是公式揮淚」中，「公式」一詞同樣意指現代性的模式，它代表了「必須的未來」，但又必須「揮淚」，即承受必要的不幸。

如何以殷比干為鑒
論｜王東東〈謁比干廟〉

謁比干廟

王東東

　　　　仁人不可作，牧野尚遺祠。

——刑雲路

當我們穿越霧霾在大地上疾馳
比干也正在馬上狂奔，身體微汗
疲憊地搖晃，和我們朝向
同一個地點：新地，或心地

他想要變得輕鬆，輕鬆，輕鬆……
那神駒猶如閃電，他無比輕鬆
直到遇見一位老婦叫賣空心菜
才停下，輕鬆而疲憊，長舒一口氣

他忘了一嘗自己那心的滋味！
從容剜心後，他為何自己
不先咬上一口七竅玲瓏，而是
將它摜在地上，像宰殺一個仇敵

後悔給妲己做了美味。但問題是
越殘酷，就越美妙。「我的血噴向
未來：一種慘烈的時間已經開始
我的剜心，難道不勝過她的炮烙？」

皇帝們為何不繞開我，彷彿
要進行一種教育？就連孔子經過
也憤怒地用劍刻下「殷比干莫」，
彷彿要用我餵養一個沒有心的民族。

彷彿只要一片心，就可以讓國家安定。
請，完成這心之辯證，但不要剖心！為何
豎立在黃昏，那些碑，律詩的大理石鏡子
不管誰寫下，一千年來都迴響著杜甫？

楊小濱短論 ‖ 如何以殷比干為鑒

借古諷今的詩歌寫作，如今已頗為罕見。不過，王東東在這首詩裡對比干的認同，可以讀作不僅僅是簡單的精神比附，而是經歷了情意的微妙流轉。一開始，和比干幾乎疊合在一起御馬疾馳朝向新鄉這個旅程終點的，不只是王東東獨自一人（儘管我們知道，新鄉正是王東東當前所處的城市），而是一個世代的集體性人稱——「我們」，並且以「穿越霧霾」的描述指明了時代的空間背景。接下來，對比干的生命悲劇的重述強調了他的內心悸動，未能自噬心臟的悔恨——也可以讀作，試圖重獲一種主動赴死的驕傲，而不是無謂地放棄。「越殘酷，就越美妙」的辯證論斷表達出對犧牲之意義的擷取。這樣的精神撞擊在一場內心獨白後致使表述的人稱乾脆轉換成「我」，更直接地出示了主體對歷史角色的認同。不過，在接近結尾處，詩人卻又展示出「我的剜心」與「沒有心的民族」之間難以縫合的裂痕。那麼，即使「我的血噴向／未來」，這場剜心的獻祭真的能培養民族的良心，還是只能「餵養一個沒有心的民族」？多次出現的「彷彿」一詞到了最後一次不得不流露出深刻的疑慮：「彷彿只要一片心，就可以讓國家安定」幾乎是對著「一片心」的意義的解構。因此，在末段裡，詩人呼喚的反而是「完成這心之辯證，但不要剜心！」哪怕墓碑可以成為主體以古人來完成自我認同的鏡子，詩人的腦海裡最終回想起的卻是杜甫——一個低調而悲憫的吟者，但不是烈士。

海到底是什麼形狀的？
論｜蔣浩〈海的形狀〉

海的形狀

蔣浩

你每次問我海的形狀時，
我都應該拎回兩袋海水。
這是海的形狀，像一對眼睛；
或者是眼睛看到的海的形狀。
你去摸它，像是去擦拭
兩滴滾燙的眼淚。
這也是海的形狀。它的透明
湧自同一個更深的心靈。
即使把兩袋水加一起，不影響
它的寬廣。它們仍然很新鮮，
彷彿就會游出兩尾非魚。
你用它澆細沙似的麵粉，
鍛煉的麵包，也是海的形狀。

還未用利帆切開時，
已像一艘遠去的輪船。
桌上剩下的這對塑膠袋，
也是海的形狀。在變扁，
像潮水慢慢退下了沙灘。
真正的潮水退下沙灘時，
獻上的鹽，也是海的形狀。
你不信？我應該拎回一袋水，
一袋沙。這也是海的形狀。
你肯定，否定；又不肯定，
不否定？你自己反復實驗吧。
這也是你的形狀。但你說，
「我只是我的形象。」

楊小濱短論 ‖ 海到底是什麼形狀的？

　　這是一首廣為傳誦的詩，體現了蔣浩的典型風格：奇崛的想像力與自然的詞句流動水乳交融。但我感興趣的，是它在古往今來書寫海洋詩的書寫脈絡中，顯示出怎樣的獨特性。換句話說，蔣浩寫出了一個有何不同的海？首先，這首詩裡的「海」沒有一次被稱為「大海」──後者是現代漢語編織出的略顯矯情的詞語（包括我自己的某些詩也不能免俗），這樣也就避免了標準新詩抒情體所帶來的關於海的既有模式：或廣袤，或洶湧，但必然是那一片無邊的水域，而它也必須帶給心靈以某種解放或撫慰。不說「大海」，因為蔣浩這首詩裡的海不大。它甚至可以裝在袋子裡拎回來。這顯然是對大海形象的解構式表達。有意思的是，這不僅僅是兩小袋海水，而是「海的形狀」本身。正如在達利的畫裡，海的皮膚可以被掀起來，在蔣浩的詩裡，海可以變成了兩只袋子的形狀，也像是一對眼睛，或兩滴眼淚的形狀。甚至，當水倒出之後，扁扁的塑膠袋也是海的形狀；或者，海水蒸發後留下的鹽也是海的形狀。換句話說，海的形狀不再只是標準的「大海」的面貌，而是與具體經驗相關的任何一種樣子，是不同內心所塑造的不同形狀──「這也是你的形狀」。有意思的是，詩的結尾出現了另一個聲音：「但你說，／『我只是我的形象。』」這個貌似為反詰的語句可以有多種解讀：首先是，「形狀」必定只是「我的」（而不是別人的）形象；其次，「形狀」也「只是」我的「形象」，

而不是我的本質。「海」或「我」都在多樣的、多變的形象
中才得以獲取此刻的意義。

詩所能達到的反抒情邊界
論｜韓東〈甲乙〉

甲乙

韓東

甲乙二人分別從床的兩邊下床
甲在繫鞋帶。背對著他的乙也在繫鞋帶
甲的前面是一扇窗戶，因此他看見了街景
和一根橫過來的樹枝。樹身被牆擋住了
因此他只好從剛要被擋住的地方往回看
樹枝，越來越細，直到末梢
離另一邊的牆，還有好大一截
空著，什麼也沒有，沒有樹枝、街景
也許僅僅是天空。甲再（第二次）往回看
頭向左移了五釐米，或向前
也移了五釐米，或向左的同時也向前
不止五釐米，總之是為了看得更多
更多的樹枝，更少的空白。左眼比右眼

看得更多。它們之間的距離是三釐米
但多看見的樹枝都不止三釐米
他（甲）以這樣的差距再看街景
閉上左眼，然後閉上右眼睜開左眼
然後再閉上左眼。到目前為止兩隻眼睛
都已閉上。甲什麼也不看。甲繫鞋帶的時候
不用看，不用看自己的腳，先左後右
兩隻都已繫好了。四歲時就已學會
五歲受到表揚，六歲已很熟練
這是甲七歲以後的某一天，三十歲的某一天或
女十歲的某一天，他仍能彎腰繫自己的鞋帶
只是把乙忽略得太久了。這是我們
（首先是作者）與甲一起犯下的錯誤
她（乙）從另一邊下床，面對一只碗櫃
隔著玻璃或紗窗看見了甲所沒有看見的餐具
為敘述的完整起見還必須指出
當已繫好鞋帶起立，流下了本屬於甲的精液

楊小濱短論 ‖ 詩所能達到的反抒情邊界

　　這可能是韓東風格最鮮明和成熟的一首詩，在場景描繪的策略上採取了絕對冷漠和疏離的寫作姿態，主體的情感向度被克制到幾近殘酷的程度。詩的第一行「甲乙二人分別從床的兩邊下床」就是一個十分鮮明的圖景，一方面隱藏了對兩人關係的明確說明，另一方面則暗示了兩人的空間（乃至心理）距離。第二行的「甲在繫鞋帶。背對著他的乙也在繫鞋帶」令人想起魯迅的名句「一棵是棗樹，另一棵也是棗樹」，以刻意的複遝造成敘述的違和感，並通過「背對」一詞強化了行為相同的二人之間的互斥感。接下來的各種細節體現了韓東作為小說家的敘述手段，但更體現出詩作為抒情體裁可以達到的反抒情邊界。在作為本詩主體的中間二十多行裡，種種駁雜幾近囉嗦的重複構成了這首詩對生活或行為意義的懸置。當韓東不斷使用多少「釐米」來描寫移動或距離時，讀者不難把握到一種蓄意的誇張精確所帶來的「客觀性」。這就有如法國新小說的敘事策略所採用的方式：推到極致的冷觀和精確事實上消除了傳統寫實主義對再現現實的確信。當然，所有這些手段都是經由最後一行的回溯才更顯意味：乙「流下了本屬於甲的精液」點明了二人的性關係，才使得前文中的冷漠距離變得更具戲劇張力。而把作者牽扯進敘事過程來造成自我指涉的後設手法——「這是我們／（首先是作者）與甲一起犯下的錯誤」——也同樣暴露了客觀敘述的危機。整體而言，這首詩以「情感零度」的現代小說手法將符號化的、缺乏具體面貌

的人物及其行為鋪展出一幅抽空了傳統意義的生活（抽象）
畫卷。

祖國的新年之夜
論｜張棗〈祖國〉

祖國

張棗

已經夜半了，南方陰冷之香叫你
抱頭跪下來，幽藍滲透的空車廂停下
等信號，而新年還差幾分鐘才送你到站。
梅樹上你瞥見一窩燈火，嘰嘰喳喳的，
家與家之間，正用酒杯擺設多少個
環環相扣的圓圈。
你跳進郊野，泥濘在腳下叫你的綽號，
你連聲答應著，呵氣像一件件破陶器。
夜，漏著雪片，你眼睛不知該如何
看。真的空無一人嗎？
冷像一匹
　亮的緞子被忍了十年的四周抖了出來，
傾瀉在田埂上命令你喝它。

突然，第一朵焰火

砰上了天，像美人兒

對你說好吧。

青春作伴，第二朵

更響。你呼嘯：「弟弟！弟弟！」──

天上的迴響變幻著佼佼者的髮型。

這是火車頭也吼了幾聲，一絡蒸氣托出

幾只盤子和蘋果，飛著飛著猛撲地，

穿你而過，揮著手帕，像祖父沒說完的話。

你猜那是說「回來啦，從小事做起吧」。

乘警一驚，看見你野人般跳回車上來。

楊小濱短論 ‖ 祖國的新年之夜

作為同樣在西方長久漂泊過的人，我特別能體會張棗在寫到「祖國」這個題材時的複雜心理。據說，這是張棗旅居德國多年後暫歸故鄉湖南時的一首作品，而時間背景則是新年。張棗曾多次歎息國外生活的冷清與寂寞，但他也並沒有在這首詩裡熱情地渲染中國新年的喧鬧或溫馨。即使「家與家之間，正用酒杯擺設多少個／環環相扣的圓圈」這樣的詩句也試圖用抽象的圖式來引導情感的疏離——比如飯桌就變成圓圈。而「一窩燈火，嘰嘰喳喳的」反倒帶出了某種嘈雜的喜劇感。不過最有意思的是，整首詩描寫的是行旅的片段，是回家過新年的中途。換句話說，這不是新年本身，而是在新年缺失和新年到來之間的一次精神歷險。在這個冬夜的背景上，詩人首先感受到的是「冷像一匹／鋥亮的緞子被忍了十年的四周抖了出來」。我不敢說「鋥亮的緞子」是否一定刻意置入了祖國的文化意象，但將具有痛感的冷以耽美的形態表達出來，這無疑是張棗的特異筆法。可以想見，這裡所說的十年應是去國的久遠時間，因而才飽含著「忍」。不過，這儘管是一個冬夜，有著「南方陰冷」，這種陰冷卻是「香」的：一種主要是想像中的嗅覺效果作為憧憬誘惑著詩人。這個「香」字當然不容小覷——祖國作為嗅覺和味覺的吸引對張棗而言具有多麼關鍵的意味。接下來的「抱頭跪下來」甚至可以說體現出對這種嗅覺的幾乎絕望的虔誠或膜拜。這首詩裡的「你」，當然是一個對象化的「我」，「跳進郊野」，首先感受到的是「泥濘在

腳下叫你的綽號」，是與精緻歐洲相對的鄉野中國。在末行裡，去國已久的詩人更把自己的行為描繪成「野人般跳回車上來」，突出了某種野性、幽靈般的形象與新年憧憬及回憶之間的種種錯綜關聯。

向月亮呼救，但……
論｜孟浪〈月亮！月亮！〉

月亮！月亮！

孟浪

碩大的明月上升之時
快意地擦一擦我的臉頰
僅僅這一次的輕輕妝點
我就好像永遠微醺著的

兩層樓或更多層樓高的飛機馳掠
在明月之上，還是明月之下
我被定格在那座位的黑影之中
精心呼叫：月亮！月亮！

滿月漸漸滿了，溢出月光
我用手接不住，接住的
是流瀉開來的、攏不起來的

我的目力——四散的四顧

影子人的激舞，影子人的
高歌，影子人寫在我的身上
的神傷，鏤刻進我的心裡
月亮也高傲地卸下她的全部影子

滿月了無牽掛，滿月
了無披掛，只有眾人的心思
攀住了她，本來有一萬倍的光芒迭加
如今只有一個匍匐的人！一度高懸目光！

碩大的月亮已抵達頂端
慢慢降了下來，我伸出手，仍然沒有
接住這枚胭脂，接住哪怕這枚影子的
強烈反光：滿月被不滿照亮！

2007.9.

楊小濱短論 ‖ 向月亮呼救，但⋯⋯

　　在選了這首詩之後，經孟浪提醒，我才想起這是他十年前的中秋節應我替《新京報》約稿而寫的一首月亮詩。但這是一首跟團圓主題毫無關係的詩，月亮的意象跳脫了傳統的象徵模式，典型地體現了孟浪詩學中的叛逆和希望。月亮作為太陽的一個副本，具有更柔性甚至嫵媚的理想色彩，在詩的第一段裡挑逗式地撫摸了「我」的臉，以至於讓「我」感覺到了一種沉迷的醉意。在隨後的段落裡，「我」甚至把月亮視為高懸在天空的拯救希望而高喊「月亮！月亮！」。驚嘆號的大量使用顯然是孟浪獨特風格的一部分，強化了語調的焦慮、尖銳和洪亮。不過整首詩的核心在於月亮這個拯救象徵的失效——「滿月漸漸滿了，溢出月光／我用手接不住」——滿月正因為它的「滿」而變得「溢出」，也就是說，理想由於過於完美無缺，以至於讓人無法承接。在最後一段裡，滿月仍然遠在可觸及的距離之外：「我伸出手，仍然沒有／接住這枚胭脂」——「胭脂」以其豔麗增添了月亮的裝飾或甚至舞臺效果。而最末尾的「滿月被不滿照亮！」更是凸顯了「滿」與「不滿」之間的辯證法。或許，那個明亮的、理想的、完美的符號正是一切災難的源頭：而這，也恰恰是孟浪近來對二十世紀歷史的深刻反思。

疾病的隱喻
論｜秦曉宇〈非典生活〉

非典生活

秦曉宇

從避光、陰涼、乾燥處取出，
兌上七八種情緒和一片狼籍
用酒沖服的戒嚴生活——
「一個死亡的『為何』站在船尾。」
而你像船頭。
你琢磨著，天花板的天花二字；
每日吃兩餐閉門羹。你甚至需要
請人替你睡一會兒，
替你去做那些隔離與刺鼻的夢。
而電話像警報，像吵醒噩夢的噩夢。
「你去外地散散心吧。」上帝說。
你承認這是個不錯的建議。
於是你把自己

從避光、陰涼、乾燥處取出，
外面是典型的陽光，
北京卻像一座人間蒸發的城市。
但不管怎樣，只要上了飛機，
你就可以把最近的一朵白雲，
輕鬆地比喻成一付摘下的口罩。

楊小濱短論 ‖ 疾病的隱喻

　　我一直認為，秦曉宇的詩歌成就被他其他方面的表現——諸如電影、詩評——所掩蓋了。在這首詩的開頭，疾病被寫成了一種戒嚴生活，便產生了某種隱喻的意味。倖存者的密閉方舟也並不安全：在船頭憂心的，是船尾仍將叩問的死亡原因。躺在床上看到的天花板，竟看出天花二字，這不是魯迅《狂人日記》的細讀法，而是弗洛伊德的無意識字謎理論：一切都在能指結構的語境裡染上了疾病的特性。「每日吃兩餐閉門羹」則同樣以換喻的跳躍滑動呈現出能指符號的連結網路：三餐的湯食也不得不以自閉為宗旨。一種難以繼續的病態生活，望著天花板無法入睡的生活，當然最好能設想出一個烏托邦——由別人替代來安眠，或者毋寧說，創造出另一個自我來作掩護。而日常的電話鈴卻以警報聲——再次呼應了戒嚴的氣氛——擊破了這樣的幻覺。最後，上帝的建議也無非是詩人投射的他者話語。翱翔在天上，當然可以摘去白雲般的口罩——白雲作為清新的自然意象貼切地成為疾病的對立面——儘管這仍然是幻想的一部分。由此，我們也可以察覺到本詩的持久意義：作為表現非典北京的寓言詩，它也可以放在今天的霧霾北京來讀，因為疾病的隱喻在一個需要口罩的社會裡依然逃不脫它深刻的寓言性。

文化精神象徵的解構
論｜陳先發〈養鶴問題〉

養鶴問題

陳先發

在山中，我見過柱狀的鶴。
液態的、或氣體的鶴。
在肅穆的杜鵑花根部蜷成一團春泥的鶴。
都緩緩地斂起翅膀。
我見過這唯一為虛構而生的飛禽
因她的白色飽含了拒絕，而在
這末世，長出了更合理的形體
養鶴是垂死者才能玩下去的遊戲。
同為少數人的宗教，寫詩
卻是另一碼事：
這結句裡的「鶴」完全可以被代替。
永不要問，代它到這世上一哭的是些什麼事物。
當它哭著東，也哭著西。

哭著密室政治，也哭著街頭政治。

就像今夜，在浴室排風機的轟鳴裡

我久久地坐著

彷彿永不會離開這裡一步。

我是個不曾養鶴也不曾殺鶴的俗人。

我知道時代賦予我的痛苦已結束了。

我披著純白的浴衣，

從一個批判者正大踏步地趕至旁觀者的位置上。

楊小濱短論 ‖ 文化精神象徵的解構

　　陳先發把〈養鶴問題〉用作了秀威版詩集（我主編的《中國當代詩典》叢書）的書名，足見這首詩對詩人的重要性：無疑集中體現了他對傳統與現代之間基本關係的思考。本詩一開頭羅列出來的鶴就類似波赫士（Jorge Luis Borges）虛構的中國類書中的動物，以荒謬的「柱狀」、「液態」或「氣體」樣態現身，演示出解構主義理論家德・曼（Paul de Man）所說的象徵的寓言化。作為某種精神象徵，鶴佔據了傳統文化圖譜的重要地位。寓言的要義在於象徵的絕對完整遭到了瓦解，正如在這首詩中，鶴時而「蜷成一團春泥」，時而「唯一為虛構而生」，很難繼續維持那種「閑雲野鶴」的文人形象。下文的「養鶴是垂死者才能玩下去的遊戲」凸顯了這一批判視角，一方面點明了所謂修身養性的傳統文化已成為一種「垂死的」文化，另一方面也指出了這一類的文化現象不過是遠離現實的「遊戲」罷了。作為「俗人」，詩中的主體「不曾養鶴也不曾殺鶴」──既不維護也不暴力地摧毀傳統，只是「披著純白的浴衣」，模擬著仙鶴的潔白外表──而「浴衣」則代表了世俗生活的形象。在最後幾行裡，詩人出示了一種曖昧或多義的文化立場。因為「時代賦予我的痛苦已結束了」，因而我「從一個批判者正大踏步地趕至旁觀者的位置上」，從知識份子變成一個「俗人」。而這，其實也不無暗示了一種更深的批判，或者說自我批判，也就是對「俗人」或「旁觀者」的批判。

四處突擊的多聲部呼嘯
論｜胡冬〈給任何人〉（節選）

給任何人（節選）

胡冬

二

那麼，這是童年，手術的推車嘀咕
又嘀咕。這是你在南北遁走，

揪著日月遁走的陰陽頭。你，造反的腳伕，
擔當起了碣石、穀神，三百斤的死。

十二

童年的穹廬渾圓。童年非得看看馬戲團：
虎豹精鐵的困吼。三條腿男青年滑稽兮兮。

大力士憋足蟾蜍難看的沉默，
痛苦沉重的鱷魚摔到地面。

十三

匿名信：關於帝國。我在它暴露的巨細上泄慾。
它亂搞的開發區——麻將偏要絕對，

高樓偏要聳起。我，大哥哥！
贏來喝采，世界塞進我鼓囊的旅行袋。

十四

那麼，這是不。「不」是我們的局限。
我深知我早已容就在裡面——

居所的寥廓得從底部兜著，從身邊寫起。
曠世的麻煩賦予我離奇的閒散。

二十八

童年錯了，我寫下反標。今天錯了，
我寫我的處境：笨拙的獻藝。錯是否也像

鱷魚？我們改著，改著，
主要是改著。錯飽噎著盲區和死角。

三十

匿名信：關於時間。誰賽過了誰？
太極拳太慢，龍舟太快。健身器械的仙鶴

導引，它陰影的飛機吐納我——
對立面移向邊緣。對立面說不清楚。

三十一

那麼，這是死，父親突然在信中寫到——
但它已不算什麼，死不過是活著，直到散架。

他陷進碑帖、湯頭歌訣，用狼毫勾，
羊毫劃。藥酒的玄晦掠過他凹陷的臉頰。

三十三

灰燼。夜黑色的絲綢壓住一個黑色的時代。
電纜穿越的深海，越洋電話的出入口，

我們的能量在寒暄中灼燃、
湮沒，像正反的粒子撞到一起。

四十一

它將題獻給暴虐，抗議，虛假和流亡，
獻給庸才，無賴，偷工減料者，我們周圍的

掮客，女騙子。如果足夠，還將
題獻給父親，那傲然的宸極，我們冒昧的不。

楊小濱短論 ‖ 四處突擊的多聲部呼嘯

　　胡冬是1980年代第三代詩的代表詩人之一，1990年代後旅居英國至今，雖長期以來遠離大陸詩壇，但一直保持著漢語詩寫作的旺盛創造力。〈給任何人〉這組詩被不少同行認為是胡冬近年的代表作，在四十三節短詩中，胡冬觸及了回憶、歷史、傳統、現實等主題，而寫作風格跳脫了所有的現存模式，自由進出於過去與現在、文言與白話、寫實與隱喻、雅致與鄙俗……，對個體與集體的精神史作了冷峻的詩性梳理。標題〈給任何人〉不是「給所有人」，暗示了接受者自身的作為接受條件的必要性。從一開始就出現並多次提示的「匿名信」則標明了在寫作中作者的缺失或許是必要和必然的，寫作很可能證明了主體的空缺，以呼應那個他的訴說對象——那個更高存在的空缺。詩中還頻繁出現了對「不」的多重思考，因為「不」既是現代史上的主流革命邏輯，也是當代現實中社會批判的邏輯，幾乎構成了當代詩辯證修辭模式的基本動力。但胡冬的語言策略絕不局限於「曠世的麻煩賦予我離奇的閒散」這樣的辯證陳述，而更多地依賴於「揪著日月遁走的陰陽頭」這類來自於當年「莽漢」傳統的近乎邪門的武斷表達方式。天人合一的古老理念在這裡的「日月」與「陰陽頭」之間的應和中獲得了解構意義上的光大：歷史與現實不斷衝擊著抒情意緒，使得整首詩成為一組四處突擊的多聲部呼嘯。

四處突擊的多聲部呼嘯　論—胡冬〈給任何人〉（節選）

257

路的賤斥和廢棄
論｜胡弦〈路〉

路

胡弦

它受命成為一條路，
受命成為可以踏上去的現實。
它拉緊脊椎扣好肋骨因為人多，車重。
當大家都散了，它留在原地。
在最黑的夜裡，它不敲任何人的門。
它是睡眠以外的部分，
它是穿越喧囂的孤寂，
比階層直，比塵埃低，比暴政寬，身上
印滿譫妄的腳印。
當它受命去思考，蟋蟀開始歌唱。
它廢棄時，萬物才真正朝兩側分開，一半
不知所終；另一半

伴隨它的沉默並靠向
時間的盡頭。

楊小濱短論 ‖ 路的賤斥和廢棄

　　「路」的隱喻性早已成為不僅是詩歌史上也是廣義文學史上的一個重要母題。胡弦的這首〈路〉在原有的隱喻意味之外又添加了另類的思考：路不再單單意指前進的、未來的方向，而呈現為被踐踏出來的現實、現在。詩人用「拉緊脊椎扣好肋骨」強調了路所承受的重擔和苦難，用「塵埃」、「腳印」表明了路所忍受的污濁和賤斥。「當大家都散了，它留在原地」，也描述出路的謙卑與堅持──儘管作為一種傳統品德的象徵，它顯得有些迂腐。對「腳印」的提及仍然暗示了路和前進或至少行走的關聯，但「譫妄的腳印」又一舉取消了前行的正當感──又有誰判斷那些腳一定走向充滿理性的正確的方向呢。因此這首詩的結論落到了路的「廢棄」上。或者說，只有當路崩壞成班雅明式廢墟的時刻，某種永恆才會應運而生。但「時間的盡頭」和「不知所終」的差別在哪裡？路本來肯定引向的是某一個終點；而路的廢棄或消亡，則打開了廣闊無邊的宇宙。在班雅明那裡，廢墟是向上的，是獲救的契機。而在中國的文化語境裡，也許我們可以想像無垠的荒野本身便是與天地融合的所在。

潔淨的災難
論｜宇向〈聖潔的一面〉

聖潔的一面

宇向

為了讓更多的陽光進來
整個上午我都在擦洗一塊玻璃

我把它擦得很乾淨
乾淨得好像沒有玻璃，好像只剩下空氣

過後我陷進沙發裡
欣賞那一方塊充足的陽光

一隻蒼蠅飛出去，撞在上面
一隻蒼蠅想飛進來，撞在上面
一些蒼蠅想飛進飛出，它們撞在上面

窗臺上幾隻蒼蠅
扭動著身子在陽光中盲目地掙扎

我想我的生活和這些蒼蠅的生活沒有多大區別
我一直幻想朝向聖潔的一面

楊小濱短論 ‖ 潔淨的災難

　　把宇向的這首詩和王小妮的經典詩作〈一塊布的背叛〉
參照閱讀是一件有意思的事。首先，兩位女性詩人都在家從
事了擦窗的家務勞作。我們可以設想，在這生活來源的基礎
上，兩位詩人都在勞動過程中產生了詩意的想像，具體生活事
件被昇華為對世界的創造性思考：兩首詩都通過窗戶的乾淨或
過於透明作出了超常的體會和思考，「乾淨」或「透明」造成
了某種令人不安的境遇。王小妮的詩主要著墨於透明所帶來
的外部世界的威脅：「把玻璃擦淨以後／全世界立刻滲透進
來」，並且失去視覺阻隔的玻璃使得「我的日子正被一層層看
穿」甚至「我只是裸露無遺的物體」。相對於王小妮對於外部
世界的驚恐表現出女性詩人的敏銳感受，宇向的詩略側重於形
而上的思考：「聖潔」一詞代表了玻璃窗的乾淨所帶來的隱喻
意涵。但宇向要展示的是「聖潔」的災難性後果：同樣是因為
過分的潔淨，玻璃無法被看見，以至於想進出房間的蒼蠅紛紛
撞倒在玻璃上。最後，詩人自比蒼蠅，從對污濁自身的角度出
發，道出了追求「聖潔」的不幸後果——這裡，「聖潔」變成
了一堵看不見的牆，讓你撞得頭破血流。在這個圍城般的世界
上，人類有如骯髒的、亂竄的蒼蠅，自以為目標明確地往外或
往裡突圍，但貌似「聖潔」的烏托邦有時恰是災難的源頭。

潔淨的災難　論—宇向〈聖潔的一面〉

·

一隻鴿子的涅槃

論｜伊沙〈鴿子〉

鴿子

伊沙

在我平視的遠景裡
一隻白色的鴿子
穿過沖天大火
繼續在飛
飛成一隻黑鳥
也許只是它的影子
它的靈魂
在飛　也許灰燼
也會保持鴿子的形狀
依舊高飛

楊小濱短論 ‖ 一隻鴿子的涅槃

　　伊沙的詩，印象中段子式的居多，但這首擺脫了段子的模式，帶來了一些新的氣象。這首詩也突破了寫實的框架，營造了一個具有象徵意味的場景，畫面乾淨簡潔清晰。「白色的鴿子」，令人想起畢卡索和平鴿之類的美好形象，但穿越火場之後（可能是被煙熏得）變成了一隻黑色的鳥——或許意味著經歷了戰爭或災難而染上了創傷的痕跡。無論是「影子」還是「靈魂」還是「灰燼」，都暗示了它已經不是原先那隻肉身的白鴿了，而成為一種精神性的存在，儘管以負片的形象出現，但更體現出浴火重生的意義。這當然令人不能不想起郭沫若的新詩經典〈鳳凰涅槃〉，主題來自一個本源性的神話原型：葬身於烈火的神鳥以復活獲得新生。當然，〈鴿子〉和〈鳳凰涅槃〉的差異也是顯見的。郭沫若的語調和語氣極為高亢、響亮，代表了一種對未來的強烈召喚。〈鴿子〉這首短詩基本是簡約的場景勾勒，以近乎靜態的黑白畫面描繪出甚至帶有一定日常性的一個片斷。換句話說，〈鳳凰涅槃〉營造的那種犧牲般的、烈士型的情緒不復存在；〈鴿子〉的調性更加平淡，自制，體現出首句中「平視」——而非仰視——的視角。

諧謔作為批判的詩意
論｜鐘鳴〈小人物的巨大快樂〉

小人物的巨大快樂

鐘鳴

和藹與快樂，還是和藹與快樂。
平原上的小人其實和大山一樣高，
那只是種喪失尺寸和挑剔的個頭，
而非實際高度，失去的是理解力，
是照亮鼻樑的眼鏡和受傷的靈魂。

其實呢，每天他們都揣著鏡子，
那裡有一盆湖水，還有准歌手，
但他們卻不能看見響亮的喉嚨，
自己的短見和嚇唬進步的優勢。
他們飛行，像小麻雀嘰嘰喳喳。

心不在焉地跑到偏僻的小縣城來，

那裡有個村支書頗有創意和搞法，
能讓靈魂朗誦，讓小額鈔票升值，
讓和諧的縣城享受普遍的語言之美，
讓春天的桃花開滿落後農業的細節。

這裡有個李調元，於是引來更多的
李調元，和古人共同打造舞臺知識，
但支書暗中翻的是記賬簿，是明天
另一個山坡，或者樹林，安詳，寂靜，
寬大冷冰冰的面孔能真正喜歡什麼？

這就是每年一度的詩歌節，其實，
這很像電影葬禮，各種角度聚集，
各種人，心懷鬼胎，出門掏耳屎，
看有沒有搞頭，看你南方，朝北方，
能獻什麼殷勤，以及快樂的普世哲學？

能不能一步逍遙抵得天堂的一百步——
我看不能，但綠蔭下的與會者認為可以，
要不，他們還能缺了空氣和樹葉的復蘇，
或是一種躲避枯燥的藉口，文人踏春，
從唐代開始，攜妓登高，從本世紀出發。

2008.3.18

楊小濱短論 ‖ 諧謔作為批判的詩意

　　中國當代詩發展至今，種類繁多，但像鐘鳴這首含有一定諷刺或調侃意味的作品（但又不是嚴格意義上的諷刺詩）似乎是較為罕見的類型。鐘鳴是一個冷觀的詩人，而冷觀的詩人往往不易討好。按鐘鳴此詩的寫作日期推斷，詩中所寫的顯然是2008年的羅江詩歌節。首先，標題中的「小」和「巨大」就營造了一種鮮明的反差，凸顯出不協調的，甚至帶有些許喜感的效果。詩中寫到的李調元，便是羅江當地的清代文人和戲劇家，故而有「於是引來更多的／李調元，和古人共同打造舞臺知識」的句子，但語氣上顯露出名人增殖的諧謔意味。詩中也用了不少貌似輕忽的詞語來與規模宏大的背景事件互相映襯，比如說「心不在焉地」跑來了這樣一個詩歌盛會。當然這跟詩歌節在這個時代的位置和特性分不開。因此才有了「但支書暗中翻的是記賬簿」這樣的描寫，揭示出商業和經濟的考量在表面無利可圖的文化事業中依舊起到的決定性作用。「這很像電影葬禮，各種角度聚集，／各種人，心懷鬼胎，出門掏耳屎」，目的在於「看有沒有搞頭」或「能獻什麼殷勤」——如此的語句增強了本詩的漫畫化色彩，一舉消解了詩歌節的崇高或嚴肅。最後，「文人踏春，／從唐代開始，攜妓登高，從本世紀出發」更是將諷刺批判寓於當代與唐代的對比中，曝露出當今中國詩歌盛世的淫逸面貌。

另一種人間冷暖的觀察
論｜朵漁〈夜行〉

夜行

朵漁

> 手心冰涼。真想哭，真想愛。
>
> ——托爾斯泰1896年聖誕日記

夜被倒空了
遍地野生的制度
一隻羊在默默吃雪。

我看到一張周遊世界的臉
一個集禮義廉恥於一身的人
生活在甲乙丙丁四個角色裡。

我們依然沒有絕望

盲人將盲杖賜予路人

最寒冷的茅舍裡也有暖人心的宴席。

楊小濱短論 ‖ 另一種人間冷暖的觀察

　　基於對於歷史苦難的共同承擔，中國詩人常常與俄羅斯
文學有一種特殊的親近。這首詩又是一例，在起首處就引了托
爾斯泰日記中的話。托爾斯泰對於「冰涼」的感受與本詩中
「雪」和「寒冷的茅舍」的意象相呼應。日記中「真想愛」的
表達也與詩的末句中「暖人心」的話語相連接。這裡，冷和
暖就形成了一組矛盾而共生的力量，而這也是「聖誕」這一
日子所帶來的意味：寒冷的冬天和熱鬧的宗教節慶結合在一
起。同樣，詩題「夜行」也蘊含著兩種互相牴牾的元素：一是
「夜」，即令人窒息的黑暗籠罩；二是「行」，也就是在如此
壓抑的環境中尋求出路的行動。與標題相應，首段的背景描
繪就強化了夜「被倒空」的空虛，或甚至真空般難以呼吸的
境遇。「野生的制度」有點矛盾修辭的味道，以文明之外的
「野生」來界定文明的制度，凸顯出「制度」本身的反諷。而
羊吃雪的場景既營造了荒涼的效果，也增加了荒誕的意味。
從第二段開始，出現了某種拯救的契機。因此第三段總結了
「沒有絕望」的主題，但我們發現拯救是來自「盲人將盲杖賜
予路人」，甚至可以說，是絕望者自己（而不是救世主）奉獻
出了希望。無論如何，結尾的溫情在多大程度上可以祛除整首
詩的寒冷，仍舊是一個問題。

畸變的玻璃
論｜韓博〈玻璃工廠〉

玻璃工廠

韓博

奪拉腦袋的季節
吹彈可破：向日葵
鬱結的黑，向日的
發條鬱結半生的

彆扭：鬆了，亂了，
奪拉腦袋的輸水管
吹彈已破：工人
鬱結半生階級的
啤酒，漏了，餿了，
奪拉腦袋的輸氣管
採捋的二氧化碳
吹彈外國訂購的

可破：一團彆扭的
透明，易碎引誘
口水鬱結旋轉。

2005.9.20 捷克卡羅維發利；2012.9.6 上海

楊小濱短論 ‖ 畸變的玻璃

〈玻璃工廠〉這個標題很自然令人想起歐陽江河在上世紀80年代的同題名作。儘管與歐陽江河的玄學式冥想不同，韓博這首詩同樣不是對工廠的現實主義描繪，而是借玻璃工廠的場景書寫內心的感受——感受，而不是理念，這一點可以看作是和歐陽江河〈玻璃工廠〉的基本差異。詩末標明了寫作初稿的地點是捷克的卡羅維發利，當地以水晶玻璃生產工藝著稱，產品特供歐洲各皇室教廷。但這首詩中的玻璃並未成為一種晶瑩剔透的象徵，反而是一種扭曲變形的樣貌引發了這首詩的動力。詩中的描寫大致來自製作玻璃器皿過程中的各種方式，但卻引申到生命的種種不堪境遇。從通常對玻璃物質特性的理解來看，這種引申可以說是非常奇特的。即使提到「透明」，竟也用了「一團彆扭的／透明，易碎」這樣的描寫，更不要說整首詩不斷重複的詞語是「鬱結」，推測是來自某種複雜的玻璃製品的扭纏形狀，或許是由於形體過於造作而引發了心理上的打結和鬱卒。另一個在詩中反復出現的詞語是「耷拉腦袋」，可以想見多麼形似於玻璃在高溫製作過程中變軟下垂的樣貌。無論如何，「鬱結」、「耷拉」和「彆扭」都在相當程度上衝擊了玻璃工藝品的美好形象，對玻璃（及其作為奢華工藝品）意象的預期價值產生了消解。詩中還提到「工人／鬱結半生階級的／啤酒，漏了，餿了」（還有「吹彈外國訂購」），通過啤酒瓶的聯接／聯想，將玻璃工廠所含有的社會或階級矛盾甚至全球經貿等相關問題推向前臺。此外，具有符

號消解功能的還有「可破」、「已破」、「易碎」等詞語，使得玻璃的表面華麗引向了材料的潛在險境。此外值得一說的是，本詩的語言風格本身也模擬了「鬱結」、「彆扭」的玻璃製品，不斷強扭，甚至不惜曝露出語言自身的「易碎」性。

點石成金的精神力量
論｜呂德安〈晨曲〉

晨曲

呂德安

我原沒想到，我竟然擁有一所
自己的房子，院前一大堆亂石
有的渾圓漆黑，從沃土孵出
有的殘缺不全，像從天而降

四周彌漫著房子落成時的
某種寂靜，而它們是多出來的
看了還讓人動心：那滿滿一堆
或許能湊合把一道圍牆壘成

但如果你不知道這些，路過時
猜不出它們出自何處，卻偏偏

只曉得一句老話：點石成金
那麼你怎能將我的心情揣度

啊，原原本本的一堆亂石
我想先挑出一塊，不論它
是圓是缺，或是高興或是孤獨
我們真心真意，它就會手舞足蹈

楊小濱短論 ‖ 點石成金的精神力量

　　詩的一開頭，「我原沒想到，我竟然擁有一所／自己的房子」很自然令人想起海子的著名詩句「從明天起……／我有一所房子，面朝大海，春暖花開」；只不過，海子的理想是永無可能抵達的明天，而呂德安則欣喜地獲得了並未理想過的現實。但這並不是這首詩的全部。也許，房子的美學境遇是這兩首詩共同的關注，但呂德安的著眼點不是「面朝大海，春暖花開」的怡人景觀，而是房子面前「一堆亂石」所給予的精神啟迪。這使得兩首詩的核心觀念產生出很大的差異。毫無疑問，對呂德安而言，「亂」，還有「殘缺不全」，構成了凌亂和殘缺的美學指向。不得不提的是，呂德安作為一個受過專業訓練的畫家，自然有其個人的藝術品味。假如看過呂德安的畫作，或許會更瞭解他的抽象表現主義美學並不僅僅體現在他的繪畫中也體現在詩歌中對亂石的精神取向的崇尚。如同在抽象繪畫裡，線條和色塊的舞蹈映射出畫家內心的律動，亂石也可以回應主體投射的情感：「我們真心真意，它就會手舞足蹈」。從這個意義上，呂德安幾乎賦予了「點石成金」一語（「老話」）以新的意義：內心的晨光也可以讓客體的石頭金光燦燦。順便一提，「晨曲」（alba）本來是一種情歌的體裁，不過在這裡，我們甚至也可以把詩讀作是寫給「亂石」的情歌——哪怕不是直接的傾訴。

詩意的生活是一種慢
論｜宋琳〈長得像夸父的人〉

長得像夸父的人

宋琳

他沒有飛出窗去追趕那火輪
像那位長著飛毛腿的祖先
他坐在房間裡
在一根桃樹枝上消磨下午的時光
——為週末的郊遊做一根手杖
他不知道桃樹枝曾經是他祖先的一根手杖
曾經被傲慢和野心施了魔咒
他削得很慢
面對那善變的木頭小心翼翼
由於他的慢，太陽也慢了下來
像一只好奇的燈籠飄進窗子裡
外面，子彈列車疾駛而過

他繼續削著那根手杖
在二十一世紀的某個黃昏

楊小濱短論 ‖ 詩意的生活是一種慢

　　這首詩自然讓人聯想起朦朧詩人江河在1980年代中期重寫中國神話的組詩《太陽和他的反光》裡的那首〈追日〉。如果說江河的〈追日〉基本上還是沿襲了原型故事的格局，那麼宋琳的這首〈長得像夸父的人〉幾乎是一種「逆向書寫」。詩中的主角只是「像」先人夸父而已，卻並未拔腿去追趕夕陽，而是悠閒地「消磨下午的時光」：「做一根手杖」，為的是「週末的郊遊」。他無意中在努力把從手杖變成的桃樹枝重新變回手杖，或者說，回到更早的慢速生活——相對而言，夸父的追趕不過是源於一種「傲慢和野心」。詩中強調的是這古老手藝的特徵是「削得很慢」，「小心翼翼」——這與「外面，子彈列車疾駛而過」的「二十一世紀」現代化生活節奏形成了鮮明的對照。奇妙的是，快追無法趕上的太陽受到了慢速生活的感染，反倒「也慢了下來」，甚至喜慶地飄進了窗戶。通過對夸父神話的翻轉式重寫，宋琳表達了對悠閒生活與自在勞動的追求，這種生活與勞動以慢速為標誌，相對於現代性所逼迫的快速。在讀這首詩的時候，我還想起了臧棣的一句格言：「詩歌是一種慢」。也許，我們也可以說，詩意的生活是一種慢。

悲劇性的鬧劇中自由無羈的狂想
論｜烏鳥鳥〈在世界的最高樓頂等待大雁飛過狂想〉

在世界的最高樓頂等待大雁飛過狂想

烏鳥鳥

秋風過人耳，人臉衰分
我扛著童年的汽槍，站乘摩登電梯
登上了世界的最高樓頂
樓頂之上，熟透了的秋季天空
猶如微微發黃的煎餅，散發蔥花之味
煎餅之下，我將四肢攤開
猶如南京板鴨，攤躺於
牛皮縫製的高仿康熙龍椅之上
抽著古巴籍雪茄，賞著龐大的煎餅
等待著去往新加坡冬眠的大雁
拐老帶幼列隊飛過。可大半天過去了
中國籍的天空，只飛過了

兩隻去往南極洲圍觀企鵝繁殖的飛機
和一隻疑似蝙蝠的不明人造飛行物
它們消失後，若干北京糖紙
若干純點牌衛生紙，若干偷情牌避孕套
若干破鞋，從天而降
被砸著了的倒楣腦袋，人脖子高仰
將天空和飛機的娘痛操
欠操的飛機，吐下了一場唾液，以還擊
淋得那倒楣的腦袋猶如落水之狗
抱著腦袋四躥，滿地球裡找裂縫鑽
秋風過人耳，人臉衰矣
后羿牌的太陽，彷彿聚光之燈
整日獨照吾雞巴。操后羿他娘的
我的雞巴都快被曬成法蘭克福熱狗了
曬得它猶如烏龜的腦袋，萎萎地縮回了
卵袋裡。最後一顆雪茄被抽成了灰後
癱躺於牛皮縫製的高仿康熙龍椅之上的我
終於等無可等地高舉起了童年的汽槍
將萬里鳥聲絕的天空一陣瞎射
哇噻！沒料那天上，竟掉下了
一床規格2m×1.8m的雲南白雲來
我將它捆綁成炸藥包狀，背於身後
扛著慢慢慢慢冷卻的汽槍
像一條二戰戰場上溜掉的膽小德國逃兵

溜回了秋季的房子裡。樓頂之上
那些跳樓的人，在風水師的指導下
選擇著合適的跳樓之地

楊小濱短論 ‖ 悲劇性的鬧劇中自由無羈的狂想

　　烏鳥鳥的「狂想」系列詩往往從日常的草根世界出發，在詭譎的想像中揉碎來自底層經驗的生活素材和個人感知，營造出目不暇接的超現實景觀與事件。和同系列的其他詩作一樣，〈在世界的最高樓頂等待大雁飛過狂想〉充滿了陰鬱驚悚的黑色幽默，在一種悲劇性的鬧劇中施展自由無羈的狂想，以嘲弄擊打這個冷酷到怪異的世界。烏鳥鳥在這首詩中建構的嬉鬧主體，跑到現代化符號的尖頂——高樓的頂端，居然想要去射大雁——這種模仿一代天驕的衝動在當代社會中凸顯出荒謬性。烏鳥鳥採用了一種漫畫與變形的手法，將「我」塑造成「南京板鴨」的形象，繼而被從天而降的衛生紙、避孕套等等砸得「抱著腦袋四躥」。這個夢境般的場景隨後發展到用氣槍射下一朵白雲的床褥（供「我」逃回房內安眠）而告終。不過，這首詩的結尾以曾經發生並繼續發生在當代社會特別是底層社會中的悲劇現實作出了對照：比起丑角般的射雁者來，跳樓者的形象往往代表了更極端的失敗者。但有意思的是，跳樓的壯舉還需要「在風水師的指導下」，這就將悲劇作了喜劇式的處理，並揭示出當代中國社會文化的一個側面。這和詩中古典語詞和當代粗話的雜糅是相應的。無論如何，烏鳥鳥創造了一種特有的諷喻樣式，通過寓言化的書寫建構出變形誇張的奇境，把文化批判與語言雜技熔為一爐，同時將常態經驗中的粗鄙和失敗轉化成具有強烈震驚感與荒誕感的後現代詩意。

說與不說的辯證
論｜毛子〈那些配得上不說的事物〉

那些配得上不說的事物

毛子

我說的是抽屜，不是保險櫃
是河床，不是河流

是電報大樓，不是快遞公司
是冰川，不是雪絨花
是逆時針，不是順風車
是過期的郵戳，不是有效的公章……

可一旦說出，就減輕，就洩露
說，是多麼輕佻的事啊

介於兩難，我視寫作為切割

我把說出的，重新放入

沉默之中

楊小濱短論 ‖ 說與不說的辯證

　　如何理解維根斯坦的名言「對無法言說之物，應保持沉默」？這首詩提供了一個另類的角度。詩人心裡「配得上不說的」指的是在時間上被覆蓋（如「冰川」、「電報大樓」、「過期的郵戳」）或空間上被遮蔽（如「河床」）的那些事物。與之相對，「保險櫃」、「快遞公司」、「有效的公章」……代表了現代性符號的表層形象，是我們日常的現實生活。「逆時針」所代表的逆歷史潮流而動也對抗著「順風車」所代表的所謂順應時代潮流的現實原則。那麼，「無法言說」並不意味著我們沒有能力言說，而是意味著我們不忍心說出，不應當說出的，是那些必須深藏在內心的事物；一旦說出，它們便失之「輕佻」，丟失了班雅明所謂的「光暈」。這種「光暈」，無疑也是臧棣提倡的「詩歌就是不祛魅」的「魅」（一種神秘的誘惑？）。不過，用一首詩來說出的有關「不說」的道理，一旦說出，是否也會陷於「輕佻」呢？我們又如何可能把一個心有戚戚焉的觀念藏之深山？被「重新放入」「沉默」中的還會回到從未說出的狀態嗎？本詩留下了諸多值得繼續深思的問題。

另一種上海書寫
論｜古岡〈地下商鋪〉

地下商鋪

古岡

這契機，語音未落
迴旋的耳邊，
幾個噪音
輪番的空中，
陌生但好奇。
升溫的街巷，燥而甜
冒黑煙的尾氣，
停一會兒散去。

地下通道，小商鋪
兩邊累贅的樣品。
女式鞋子，時髦尖頭
圖釘打樁的細鞋根，

尾隨一個看不見
的監視者。
潛伏，無形
有形的背景；
他不在，無處
不顯現，或他
替代眼珠，淚汪汪地笑。

購物，添衰老
膨脹的賭注：
攢更多本錢。
穿堂風，陣痛的
本質一個
疊加的倩影，
自戀得被那些
像她又不是她，
歸於同一的臉：
找不到這通貨
歸於枝頭
喇叭聲歪叫，一長溜
穿梭的行人，及晃影
全在蒸發。

楊小濱短論 ‖ 另一種上海書寫

　　從總體視覺效果而言，如果說陳東東對上海的書寫充滿了現代都市中金屬的鏗亮，那麼古岡筆下的往往是另一個上海：處於現代與前現代之間的各種促狹空間、尷尬生活與怪異形象。這首詩寫的似乎也是當代商業化都市的一個側面，但不是名牌林立的大百貨公司，而是佈滿了小商販的「地下商鋪」。第一節裡「噪音」和「黑煙」從聽覺和視覺的不同面向鋪展出都市現實令人沮喪的背景，對「尾氣」的描寫也直接觸及了空汙的現象。但古岡的詩並不停留在寫實的層面上，比如「疊加的倩影，／自戀得被那些／像她又不是她，／歸於同一的臉」這樣的形象勾勒揭示了現代美容術的機械化生產模式，含有超現實的諷刺意味。除了「穿堂風」這一類詞語的上海話風味將市井氣帶入了詩中，「燥而甜」一類的矛盾修辭將悶熱的氣氛與甜膩的氣味攪拌在一起，呈現出都市上海的複雜景觀。「喇叭聲歪叫」這樣的筆法同樣將語言的感性效能推到了極致，「歪」字的涵義獲得了既豐富又準確的表達。但古岡更大的貢獻還在於發明了各種特異（甚至不惜拗口）的語句來解剖客觀世界的荒誕：「購物，添衰老／膨脹的賭注」這樣兼具批判與譏刺的風格在當代詩裡是罕見的，因而更加可貴。古岡的詩行都偏短，並且經常使用過早的換行（enjambment），這似乎是都市生活在一定程度上的急促和喘息的寫照。

肉體的粗鄙與精神的高雅
論｜胡續冬〈安娜・保拉大媽也寫詩〉

安娜・保拉大媽也寫詩

胡續冬

安娜・保拉大媽也寫詩。
她叼著玉米殼捲的土煙，把厚厚的一本詩集
砸給我，說：「看看老娘我寫的詩。」
這是真的，我學生若澤的母親、
胸前兩團巴西、臀後一片南美、滿肚子的啤酒
像大西洋一樣洶湧的安娜・保拉大媽也寫詩。
第一次見面那天，她像老鷹捉小雞一樣
把我拎起來的時候，我不知道她寫詩。
她滿口「雞巴」向我致意、張開棕櫚大手
揉我的臉、伸出大麻舌頭舔我驚慌的耳朵的時候，
我不知道她寫詩。所有的人，包括
她的兒子若澤和兒媳吉賽莉，都說她是
老花癡，沒有人告訴我她寫詩。若澤說：

「放下我的老師吧，我親愛的老花癡。」
她就摺下了我，繼續口吐「雞巴」，去拎
另外的小雞。我看著她酒後依然魁梧得
能把一頭雄牛撞死的背影，怎麼都不會想到
她也寫詩。就是在今天、在安娜・保拉大媽
格外安靜的今天，我也想不到她寫詩。
我跟著若澤走進家門、側目瞥見
她四仰八叉躺在泳池旁邊抽煙的時候，想不到
她寫詩；我在客廳裡撞見一個梳著
鮑勃・馬力辮子的肌肉男、吉賽莉告訴我那是她婆婆
昨晚的男朋友的時候，我更是打死都沒想到
每天都有肌肉男的安娜・保拉大媽也寫詩。
千真萬確，安娜・保拉大媽也寫詩。憑什麼
打嗝、放屁的安娜・保拉大媽不可以寫
不打嗝、不放屁的女詩人的詩？我一頁一頁地翻著
安娜・保拉大媽的詩集。沒錯，安娜・保拉大媽
的確寫詩。但她不寫肥胖的詩、酒精的詩、
大麻的詩、雞巴的詩和肌肉男的肌肉之詩。
在一首名為〈詩歌中的三秒鐘的寂靜〉的詩裡，
她寫道：「在一首詩中給我三秒鐘的寂靜，
我就能在其中寫出滿天的烏雲。」

肉體的粗鄙與精神的高雅 論—胡續冬〈安娜・保拉大媽也寫詩〉 ・293

楊小濱短論 ‖ 肉體的粗鄙與精神的高雅

　　本世紀初，胡續冬在巴西度過了一兩年他生活中最美妙的時光，與巴西人民的性情相投使得他的詩也像森巴舞一樣快樂而奔放起來。假如我說這是一首描寫一位巴西女詩人的詩，大概誰也不會料到，這位女詩人的形象是如此壯碩、粗獷和狂野。第二行的「叼」和第三行的「砸」這一類動詞都生動地塑造了大媽的豪邁形象，也體現了全詩風格上的豪放（假如不是放浪）。儘管身處學院，胡續冬在詩中從來都不避粗鄙，甚至以此為樂，痛快地描繪了這位被自己兒子戲稱為「老花癡」的詩人大媽的豐乳肥臀，她的放蕩生活，她的不雅姿態和行為……。全詩多次重複出現了「安娜‧保拉大媽也寫詩」（這也是本詩的標題），如同一首樂曲裡的主題不斷反復，但有時又變奏為「我不知道她寫詩」、「我也想不到她寫詩」、「沒有人告訴我她寫詩」等語句，形成了全詩既統一又變幻的輕快節奏。這裡的「也」當然是「居然也」的意思，生動地體現出詩人（胡續冬）對另一位詩人（安娜‧保拉）的驚異感受。而這，差不多也是這首詩帶給讀者的驚異感受：她的形象完全顛覆了我們對任何一位域外女詩人的想像。不僅如此，這位女詩人還顛覆了我們對於「文如其人」的信仰：她的寫作風格竟然如此脫俗，甚至具有精神頓悟與超拔的意味。那麼，「大媽」和「詩人」之間的張力成為貫穿全詩的根本動力，並且詩中對此張力的大量鋪陳和營造在結尾引用的大媽詩句那裡抵達了令人驚歎的高潮：肉體的「粗俗」與精神的

「高雅」突然奇妙地扭合到了一起。這首詩體現了胡續冬對喜劇感的敏銳把握，這種喜劇感不僅來自大媽與詩人身份之間的反差，更來自於胡續冬語言風格上的誇張、奇詭和歡樂。

在卑微的現實與詩意的想像之間
論｜郭金牛〈想起一段舊木〉

想起一段舊木

郭金牛

我不在工地上，就在工棚裡。
下雨。
稍息。

一名木工，男，30歲。正撫摸一段舊木，不像柳永
落寞時
就撫摸
紅樓或青樓的欄干

第三層樓的妞最漂亮。許多年前
我最想娶她。
曾執手。曾淚眼。曾一副欲語未語的樣子。
〈雨霖鈴〉中。

我追她到宋代
打電話給柳七

七哥，七哥，
每逢梅雨至，
木工的手，便摸到宋詞的某個部位，舊情
很難制止。

青梅。竹馬。這樣的一段舊木，身懷暗香
無論花多少年
她，從不生枝，散葉，
開花。

楊小濱短論 ‖ 在卑微的現實與詩意的想像之間

　　與簡單的底層書寫不同，郭金牛的詩往往在直接觸及底層生活的描寫之外建立起具有張力的其他層面，以此構築起更有立體感和多重向度的詩意空間。作為這首詩的抒情主體，木工「我」並沒有涉及任何具體的勞動場景，而是從勞動的材料「舊木」聯想到宋代詞人（同樣在寂寞時）所面對的「紅樓或青樓的欄干」，反襯出底層勞動與詩意生活之間的遙遠距離。「一名木工，男，30歲。」顯然，這樣的句式本身就是枯燥乏味的，接近於最卑微而無趣的履歷，表面上是「非詩」的。而與此相對比的，是古代才子的柳永的浪漫形象。柳永〈雨霖鈴〉的出現使得「我」戀情的失敗蒙上了一層典雅的詩意，但實際上現實中「第三層樓的妞最漂亮」的想法已經又在活脫脫的口語中暴露出木工的真實身份。在這樣的重重錯位下，「我」回到宋朝僅僅是一場幻覺，哪怕置身於宋詞的「執手」或「淚眼」的情境裡「摸到宋詞」，也無法真正沉浸到古典的浪漫意境中，甚至只能「打電話」給柳永——是求救？或是嘗試獲取才子的靈氣來贏得美人？——無論如何，「打電話」的行為一掃營造了多時的古典情趣，凸顯出當代底層勞動者的無奈命運。儘管如此，木工「我」依舊堅持將「一段舊木」與「暗香」相連接（哪怕它實際上或許僅有朽木的功能），在喪失詩意的現實與詩意的想像之間保持著無用但必要的裂隙。

戰事VS.賽事
論｜杜思尚〈1914年的足球賽〉

1914年的足球賽

杜思尚

泥濘陰冷的戰壕
雨水浸泡的屍體
這些第一次世界大戰的畫面
已經過去一百年了
我現在能記起的
是那個耶誕節
交戰雙方的士兵
放下手中的槍炮
在戰場上踢起了足球
場外
士兵們交換著煙絲、朗姆酒
從懷中掏出家人的照片
慶祝進球

楊小濱短論 ‖ 戰事VS.賽事

　　這首詩的標題很容易讓人聯想起大江健三郎的長篇小說《萬延元年的足球》，但足球在兩部作品中所體現的符號意指恰好相反。大江健三郎試圖表現的是暴力化的足球流氓文化，包括賽事中的騷亂和暴動；而在這首詩中，足球則起到了和平和友誼的功能，比賽替代了戰爭，成為歡樂的遊戲。這首詩模擬了電影的畫面感，主要是為了突出兩個特性相異的畫面之間的衝突性。在第一個畫面裡，泥濘、陰冷、戰壕、雨水、浸泡、屍體這一系列意象堆積出令人絕望的屍橫遍野的場景。但這個場景立刻被第二個畫面所覆蓋——這第二個畫面以「耶誕節」暗示了鮮豔的色彩，與第一個畫面裡陰暗灰濛濛的背景形成了強烈的對照。有如蒙太奇的剪輯效果，鏡頭隨即轉換到戰場上展開的足球賽。作為一種娛樂性的球戲，足球比賽摒除了你死我活的爭鬥，使得雙方「放下手中的槍炮」。取而代之的是交換煙酒、懷念親人的感人場景。這首詩的反戰情緒是顯見的。不過，這首詩也給讀者留下了諸多疑問。作戰的雙方真的放下了槍炮，讓戰爭變成了競技？還是這第二個畫面只是一場夢幻？抑或，在耶誕節的比賽結束之後，又重新開始了血腥的殺戮？而詩中的「我」又是誰？能夠「記起」百年前場景的百歲老人嗎？

漢語的幽靈般影子是如何爆炸的
論｜丁成〈淫姿里〉

淫姿里

丁成

影子裡又一次頒發出駭人聽聞的爆炸
引資理由一次辦法出駭人聽聞的爆炸
銀子裡有意此般發出駭人聽聞的爆炸
淫姿利誘以此般發出駭人聽聞的爆炸

實際上，所有的窗簾背後
都隱藏著幽靈，所有的幽靈背後
都隱藏著影子

影子裡又一次頒發出駭人聽聞的爆炸
影子裡又一次頒發出駭人聽聞的爆炸
影子裡又一次頒發出駭人聽聞的爆炸
影子裡又一次頒發出駭人聽聞的爆炸

楊小濱短論 ‖ 漢語的幽靈般影子是如何爆炸的

　　丁成的異端在於他從表面的現代詩形態出發，而注入的文字行動則足以內爆現存的語言體系。他的詩不是朦朧的，而是拒絕意義的。正如索雷爾（Philippe Sollers）對喬伊斯（James Joyce）的評語——「喬伊斯以一種英文不復存在的方式來書寫英文」，丁成也使用了一種反漢語的方式來書寫漢語，而這種反漢語實際上卻又通過解除漢語的規則，挖掘了符號秩序之下奔湧而出的創傷性真實域。比如，經由對於同音字（及近音字）的諧音式排列、組合或鋪展，漢語中的漢字可以呈現出完全相異甚至衝突的面貌。在第一節字數相同的四行裡，對同音字或近音字各異的拼貼甚至造成了每一行前九字變換出2+1+3+2+1、2+2+2+2+1、2+1+2+2+2和2+2+1+2+2的不同組詞格式。〈淫姿里〉的第二節的三行突然又轉向了對「幽靈」和「影子」的捕捉。也可以說，即使沒有形象化的鬼魅，諧音也正是一種語言的幽靈，游移在詞語的縫隙中，成為語言內爆的誘因。再者，當第一節那四行的前兩字從「影子」向「引資」、「銀子」一直到「淫姿」的不斷變幻，我們不難發現當代社會（群魔亂舞的影子或幻影）朝向一個金融或財富網路（引資、銀子）的突進，朝向一個肉體狂歡（淫姿）世界的投入。而這一切，都逃不脫「駭人聽聞的爆炸」——現實與想像的災難或變革。這正是丁成詩歌寫作的特異所在：遊刃於抽象與具象之間，通過對能指符號的撒播展示出意義崩潰的悲壯過程。

激情中的涼熱
論｜薄小涼〈竹葉青〉

竹葉青

薄小涼

當我說到這三個字，人間就清明了
腰直了，眸子也亮了，南山
南山大啊，適合為非作歹
適合與這世道對著幹
也適合和一個好看的姑娘周旋，猜度
欺負她
看她咬紅了嘴唇，不敢聲張，夜晚
夜晚小啊，小到一顆燭花，一粒鈕扣
一聲喘息。女孩子到底有多少隻小腳啊
柔弱，纖細，每一隻都
不老實

楊小濱短論 ‖ 激情中的涼熱

　　有時候，詩人的名字本身也可以參與到詩作中，成為作品意境的一部分。薄小涼這首〈竹葉青〉便產生了這樣的情形。不僅詩的標題讓人聯想起某種「清涼」的「薄酒」，詩的主體文本也勾勒出一個「柔弱，纖細」的女子形象，與薄小涼這個名字產生了顯見的呼應。不過，整首詩並未被「人間就清明了」和「眸子也亮了」的純淨氛圍所局限，反倒從第三行開始就以「為非作歹」、「對著幹」這一類深具叛逆色彩的行為衝擊了原本幽靜的情緒空間，在清新與騷動之間展開了必要的張力。這種騷動在一定程度上是受控的，甚至帶有挑逗和嬉戲的特性，用「周旋」和「欺負」來表達不安的青春利比多。在此基礎上，本詩建構出某種互動的關係，在詩的主體、描寫對象、作為對象之對象的周遭環境之間形成了詩意的空間。「燭花」的意象使得詩中對「姑娘」的描繪讓人聯想起（也許是出自大觀園的某一個）古典美人的形象，但並不是僵死的，而是凝聚在「不老實」的特性上。「看她咬紅了嘴唇」可能是詩中最生動的形象刻畫，一方面鮮明地突出了欲望（紅嘴唇）與壓抑（咬紅）的身體緊張，另一方面也暗示了觀照這種緊張的過程中可能的主體悸動。可以說「竹葉青」這個標題的確表達出雙重而辯證的意味：一是「竹」和「青」的某種清涼感，二是「竹葉青」酒具有醉人特性的潛在激情。

道是無事卻有事
論｜啞石〈基本無事曲〉

基本無事曲

啞石

淡定哥力擒晚霞，風水，調教
國企針尖攢動的舉意……
向左，向右。向右？向左？
瘋了誰都不能封脊柱之髓——
這，基本無事。即使明日涼今日，
賊紐約摸黑翻轉成陝西，
或者，取道中庸者，舌吻七星蛇，
看上千人麇集街區，砸砸紅色
Ma6，砸砸自家小枕頭上
江山的好脾氣……火藥來炸廚房，
基本無事；火藥是紅皮白心
蘿蔔，是翠綠的萵苣，基本無事；
火藥讓活膩的鯽魚在餐桌

高唱呼爾嗨喲，基本無事；
有人不吃鯽魚吃露珠，基本無事，
在脊柱裡，挖挖青苔也算；
吃露珠不如扮相酷酷，拾
官運手揮五弦、目送飛鴻的機遇。
老無所依者，極力扮演但丁，
滑稽笑星，卻扮不了貝亞特麗齊：
覬覦即急雨，或不如不吃，
成就基本無事：你白，你太太白，
你太太太白……我突然有點黑，
背脊長出枯枝，找不著北，
我仍基本無事人？誰？誰劈開了
肚腹辛酸的愛？哎呀，CPI
抽象，紅燒肉具體，以色列
太遙遠，火器噴湧落霞孤鶩寄語。

楊小濱短論 ‖ 道是無事卻有事

　　詩歌如何書寫當代現實？啞石的方式肯定不是傳統現實主義的，也與那些刻意強調責任感、使命感的響亮口號無關，但以拼貼的方式呈現出一幅充滿特異風格的寓言化現實的畫面。這首詩是啞石的組詩〈曲苑雜談〉裡的一首，貌似充其量不過是一則小品或一段小曲（假如可以聯想到這首詩的寫作時期央視的一檔娛樂性曲藝欄目《曲苑雜壇》）。詩中也確有「老無所依者，極力扮演但丁，／滑稽笑星，卻扮不了貝亞特麗齊」這樣的描述，營造出一番奇特的喜劇場景，而這裡的喜感，從更深的層面上則來自當代現實與「神聖喜劇」（Divina Commedia，即但丁《神曲》）之間的錯位。無疑，低俗或貧乏的喜劇感永遠也無法抵達神聖的喜劇感。詩的基調是故作平淡的，從起首處就用了「淡定哥」這樣富於時代感的形象，但也突出了「淡定」的姿態與「力擒」的行動之間的不協調。儘管有以「針尖」為痛感指向的隱喻，儘管有「向左，向右。向右？向左？」這樣的強化了悸動感的敘述加疑問，詩的主軸竟然依附在重複穿插了七次的「基本無事」這一至為常態（甚至可以說是反詩意）的語句上。這是一種典型的低調陳述（understatement），試圖在「火藥」這一類激烈的意象與平緩的語調之間構築出足夠的緊張感。同時，「砸砸紅色／Ma6」、「挖挖青苔」這一類疊字動詞的運用也通過隨意化的策略與行為原本的濃烈感產生了奇妙的衝突。此外，「火藥」被無厘頭地關聯到「炸廚房」和「活膩的鯽魚」上，儘管

「活膩」本身與「鯽魚」也產生了令人發笑的不可能組合，而現實的不可能恰恰喚醒了寓言的可能。這樣的風格一直持續到結尾處，不但「CPI／抽象，紅燒肉具體」拼貼了社會經濟術語的空洞和物質生活原料的可感，「火器噴湧落霞孤鶩寄語」更是把全球政治與戰爭的殘酷現實與古典詩意（用了王勃〈滕王閣序〉的典故）強行嫁接到一起，使得整首詩的衝突感在高潮處戛然而止。

辨析與辯證
論｜馬啟代〈黑白辨〉

黑白辨

馬啟代

——我看見光，拼命地追著黑，追得快，黑跑得也快
我見慣了白吃黑，也見過黑吃白
「漫天而至的白，或鋪天蓋地的黑，都耀武揚威
追得另一方慌不擇路，頭破血流」

事實上，黑和白的話我都聽不懂，也從未被誰收買
我發表的言論出於良知，那是天性
（它們那些話像鳥語一樣好聽，但不實際
我確信：黑白人間，正邪顛倒）

——我一向認為，把黑驅趕進光裡會發白，現在
我一直想把光趕進黑暗裡

「像一杯污水和另一杯污水，我也不清楚
白進入黑，黑是繼續黑還是會變白」

……日夜輪迴肯定不是把黑掃進白，或把白趕進黑
黑白輪迴就是冷暖交替
「如此周而復始，未見一次差錯
一定有著偉大的使命！」

楊小濱短論‖辨析與辯證

　　這首詩標題中的「辨」，也可以理解為「辯」，因為全詩在探討的不僅是對黑白對立的辨析，更是黑白互換的辯證（法）。詩裡的黑和白，或黑暗和光明，很久以來一直是作為絕望和希望的隱喻出現的（比如顧城的名作〈一代人〉——儘管詩中用「光明」來替代「白」——恰好本詩的第一行也用「光」來替代「白」）。黑白分明、非黑即白……這種二元對立項的關係往往被理解並描述為黑與白之間你死我活的鬥爭，這也就是本詩開頭所描述的「——我看見光，拼命地追著黑，追得快，黑跑得也快／我見慣了白吃黑，也見過黑吃白」。在第二段裡，對黑白二者的價值判斷也被徹底顛覆了：「黑和白的話我都聽不懂，也從未被誰收買」，意味著黑與白並不擔負起正負對錯的隱喻——兩者處於完全平等的地位，「我」並不依附於任何一方，因為「黑白人間，正邪顛倒」，令人無所適從。繼而，從第三段開始，邏輯發生了變異：「——我一向認為，把黑驅趕進光裡會發白，現在／我一直想把光趕進黑暗裡」蘊含著對於黑白轉化與選擇的嚴重錯位。一直到最後一段，詩人用「肯定不是」的堅定口吻反對二元對立的鬥爭哲學，提出了一種「輪迴」、「交替」、「周而復始」式的，令人聯想起陰陽八卦圖（你中有我，我中有你）的黑白觀。詩的四段在結構上類似交響曲的四個樂章，從最初的主導性段落，到與之相對的另類表達，再經由某種適度的紊亂，最後抵達以「偉大的使命」為宗旨

的歡樂頌歌。而這，又何嘗不是黑格爾（貝多芬）式辯證法的另一次體現？

從高處返回低處
論｜西衙口〈該死的蟻窟，它到底藏著
什麼秘密〉

該死的蟻窟，它到底藏著什麼秘密

西衙口

出於對重心的尊敬，

這一粒粒眼睛，

正在槐樹粗糙的表面上爬行，

把它們的洞穴搬到高處。

渾身響的星光俯下身來詢問，「需要幫忙嗎？」

火車回答，「不用。」

確實不用，一座座森林原地不動，

露濕的燈火，彷彿生前。

陰暗，潮濕，曲折，

強大的黑暗，它當然要經得起各種打量。

楊小濱短論 ‖ 從高處返回低處

　　西衙口的詩在節奏上往往簡單直接，幾乎從來不用跨行（enjambment），從句式上而言也基本遵循日常口語的法則。這使得他的詩在形式上營造出一種冷峻甚至簡慢的效果。不過，語氣的平淡並不表示西衙口的詩限於描述日常生活。相反，他致力於從日常事物或自然場景中挖掘出寓言性的意味。詩的前半段，是向上的旅程。彷彿螞蟻也可以像聖潔的「一粒粒眼睛」一樣，仰望星空，甚至獲得群星的關注與垂詢——或許因為群星與蟻巢分享了貌似窟窿般的視覺形態——只不過二者之間的呼應分別來自光明與黑暗。「渾身響的星光」通過暗示了鈴鐺般的樂音，營造出星光的某種節日歡慶的氣氛。也可以說，星光把蟻穴誤認作同類，並願意施出援手。至此，這首詩的題材本來是令人嫌惡的「蟻窟」，但奇妙地打開了廣闊高遠的視野。不料，詩的後半段卻把向上的旅程又拉回到低處——這個向度的變化有著非凡的意義。簡單地說，經典作品的精神向度，像是「欲窮千里目，更上一層樓」，必定是向上的（更不要說偉大的《神曲》或《浮士德》，人類在低處的苦難或享樂必然導向精神拯救的上行路線）。不過依據這首小詩設置的結構，後半段轉移到了與（高處）「星光」相對的（低處）「燈火」。火車當然也代表了與向上旅程無關的地面移動，並且以「不用」這樣我前文提到的「簡慢」回答拒絕了高處的召喚或救贖。別忘了，詩的標題是一個問題：「蟻窟……到底藏著什麼秘密」？既然是秘

密，我們並不需要獲得一個答案，但至少可以確認，秘密仍然貯存在「陰暗，潮濕，曲折」的「一座座森林」中——而「彷彿生前」的時間指向暗示了古老昏蒙的史前史，使得蟻窟更加成為蘊含著創傷記憶的深淵般所在。一直到最後一行，更是積聚了低處的無限力量：「強大的黑暗，它當然要經得起各種打量」，末句讓這首詩在「經得起」各種精神考驗的審視之下穩穩地停住——「強大的黑暗」必須承受並抵禦這一切拷問，但始終嚴守痛的秘密。

誰是烏鴉，誰的烏鴉嘴
論│老德〈昨夜〉

昨夜

老德

當一隻烏鴉帶著
一個女人，飛進了
我的房間，我有點
手足無措了，我想開燈
觀察烏鴉的表情，又想
穿過烏鴉的眼睛
觀察一下女人的表情
沒什麼不祥之兆
我應該把烏鴉調餵好
然後坐在沙發上
開瓶紅酒，與女人談談
這個世界的荒誕性
如果詞語交配得不錯

我們自然地依偎在一起
聽聽，烏鴉
此刻會發出什麼樣的聲音

楊小濱短論 ‖ 誰是烏鴉，誰的烏鴉嘴

在當代詩歌史的脈絡裡，這首詩乍一看自然讓我想起于堅的〈對一隻烏鴉的命名〉——畢竟，烏鴉的意象並不常見。細讀之後，更聯想起翟永明的經典之作〈女人〉上，比如「穿黑裙的女人夤夜而來」這樣的詩句。其實，在翟永明的另一首以女性為題材的〈黑房間〉裡，烏鴉就出現在第一行：「天下烏鴉一般黑」（翟永明甚至戲稱，這句可以改成「天下女人一般黑」）。我無非想要說明，中國當代詩中女性與黑色的象徵性連結，從1980年代就已經開始。不過，這首詩營造的主導意象，卻不是作為烏鴉的女人，而是被烏鴉帶來的女人。首先，這使得「我」感到「手足無措」——因為，如何對待一個烏鴉帶來的女人，畢竟是一個挑戰：這個「昨夜」發生的故事甚至有點聊齋式狐精的氣味——何況女人不僅是烏鴉帶來的，而且還是「飛進／我的房間」來的。重要的是，女人和烏鴉之間的關聯變得捉摸不定，因為烏鴉似乎並不是女人本身，卻又和女人緊密相關，以至於「我」「又想／穿過烏鴉的眼睛／觀察一下女人的表情」——要瞭解女人，必須通過瞭解烏鴉來實現，這不能不說增加了故事的玄秘感。當然，「我」滿足於「沒什麼不祥之兆」，繼而可以與女人「依偎」相處，但最後「聽聽，烏鴉／此刻會發出什麼樣的聲音」的結語又依舊保持著「烏鴉嘴」的不安分，暗示了「沙發」、「紅酒」所搭建的親和情調之外始終存在的某種潛在威脅，某種不可預料的聲音突襲。因此，作為一首似乎以象

徵為核心的詩作，烏鴉並不單純地「就是」女性的象徵，而是成為異在於女性，不斷成為幽靈般存在的一個「小它物」（objet petit a）——比起單一化的直接象徵來，它具有了更為恍惚、含混的魅影效果。

鄉村神靈的困窘
論｜成小二〈額滴神〉

額滴神

成小二

古廟有自帶的秩序，不荒廢也不興旺，
周圍的風，和許多事物說話，
不知道議論些什麼，和命運一樣晦澀，克制，
看上去有些荒涼，
裡面住著苦命的菩薩，靜音模式下，
木魚一家獨大，控制著光陰的節奏和走向。
他在半飢餓狀態下，
回不到天上，也沒有大雄寶殿，
住在鄉下人的傳統裡。他允許周圍的樹木比自己高，
也不介意半信半疑的人。
香火稀疏，神還是農村戶口，
像耿直善良的鄉下人，總過不上富足的日子。

楊小濱短論 ‖ 鄉村神靈的困窘

〈額滴神〉這個標題本身就是用具有些許喜劇感的網路語言（意為「我的神」）所作的現實性感歎。臨近結尾處，「神還是農村戶口」這反諷的一筆揭示出生存的困境：甚至連神明都無法逃脫戶口體制的束縛，也只能陷在城鄉差異的溝渠中。這也和第一行裡的「秩序」一詞產生了內在的呼應。古廟即使具有民俗體系「自帶的秩序」，也逃不脫更大的社會秩序。不過，整首詩模擬了這個秩序「不荒廢也不興旺」的某種刻意放低的語調：沒有情緒的強烈波動，始終保持著一種疏淡而貌似平實的陳述聲音。「苦命的菩薩，靜音模式」用了具有當代文明特性的概念（靜音模式）來描述傳統文化（菩薩）的狀態，突出了時代的內在張力——但這種張力並不劍拔弩張，反而處於極度控制甚至壓抑的情態中——如詩中所描述的：「和命運一樣晦澀，克制」。困窘的神靈分擔了凡間生靈的命運：「他在半飢餓狀態下，／回不到天上，也沒有大雄寶殿」，失去了應有的地位，甚至從神聖變得難堪。詩中提到了「鄉下人的傳統」，而是這首詩的風格也差不多採取了類似「鄉巴佬」的那種遲緩甚至生澀的表達：「周圍的風，和許多事物說話，／不知道議論些什麼」，不僅包含了有靈與虛空的義理，也體現出對物質世界與人間社會的陌生感。生澀與受制的風格，竟然來自人對神靈產生的同情感，成為這首詩的獨特與傑出所在。

神秘作為真實界的碎片
論｜余怒〈地平線〉

地平線

余怒

夏日傍晚，
我去觀察地平線。
那兒，一會兒，有東西跳出來。
再過一會兒，又有東西跳出來。
彷彿是為了這裡的平衡。
不是太陽月亮星星，
不知道該叫它們什麼。
在江堤上，我躺下來。
這麼多年不停地衰老是值得的。
這麼多年沒有任何東西出現消失，
沒有任何意義上的驚喜，
地平線從來沒有抖動過。

楊小濱短論∥神秘作為真實界的碎片

　　余怒的〈地平線〉這首詩描述了一個場景，一個並無戲劇性的場景，足夠平淡，但又足夠神秘。當然，「我去觀察地平線」這件事情是不尋常的，帶有一種對遠方的探究。不過，之所以是探究而不是探尋，在於「觀察」本身的客觀、知性與冷峻，當然還有「地平線」所代表的視野之盡頭、認知之界限（而不是前程之無限）。那麼，這種探究與其說是關於遠方的，不如說是關於遠方是在哪裡消失的。這就難怪，「地平線」從來就不在「詩與遠方」的青春樂觀主義規劃之內。不過，在余怒的這首詩裡，地平線展示了「一會兒，有東西跳出來。／再過一會兒，又有東西跳出來」的情境。但神秘的是，這些東西無可名狀，也無法通過語言或概念的方式去界定：「不是太陽月亮星星，／不知道該叫它們什麼。」這難道不正是展現了從（拉岡意義上）符號化失敗而不可言說的真實界所疏漏出來的碎片或殘片嗎？而真實界，只能是以否定的方式才能迂迴地指認。這也是為什麼詩中出現了大量的否定句式，試圖通過排除法來切近所述的對象及其狀態。除了上述的兩行之外，結尾處的「沒有任何東西出現消失」、「沒有任何意義上的驚喜」、「沒有抖動過」也同樣依賴於否定句，將神秘遠方或許極為日常的星星點點放在具有同樣日常風格的陳述語態裡，通過強化遠方的莫測，破除了任何對未來的確定允諾。

出入於死亡的無效美妝與生命的情動之間

論｜莫臥兒〈女入殮師〉

女入殮師

莫臥兒

她入世，用天平精確稱量
煉獄熾熱與人間冰冷
調試好比例
分配給輪迴線上的
癡男怨女

她有一副出世的好胃口
站在懸崖邊緣
吞嚥大面積的寂靜與昏厥
不反芻小片淚水
只在某次手術
從體內取出過帶咬痕的結石

據說經過上乘裁縫術

散落的心跳與四肢再度聚合

不會像大陸板塊撞擊後

一般難以相容

當她用右手為你們粉飾妝容

左手必然深諳

撫平火山的技藝

夜晚寂靜

愛人，你要聽清

那身體內每條河流的潺潺輕響

各種奔流不息

原是為同樣的源頭彈奏

白晝來臨

如果你偶然看見她眼波中

沉默浮游的影子

一定有靈魂於此岸寂滅

投向往生

而現世，她只打算

利用謀殺時間的空隙隱入紅塵

在大街小巷傾聽

時而暴烈如星塵風暴

時而輕柔如花骨朵般打開的

心跳——

楊小濱短論 ‖ 出入於死亡的無效美妝與生命的情動之間

　　莫臥兒的這首詩題材特異，也由此蘊含了較強的寓言特性。入殮師，況且是女性，必定喚起讀者對死亡美學（或死亡與美學）的敏感，以及女性在其中扮演的角色。可以想像的是，以這樣的女性職業來潛在地對應常見的美妝行業，或許是這首詩隱秘的指向之一。第一段中的「煉獄熾熱與人間冰冷」就勾勒出顛倒了的陰陽兩界的面貌：死亡被置於天平兩端，對於人間來說顯示出冰冷，而對於冥界而言卻增加了熱鬧——這正是本詩關於死亡的辯證思考，卻帶有一絲黑色喜劇的色彩。同樣不乏幽默的是接下來的「她有一副出世的好胃口／站在懸崖邊緣」，再次將直面死亡的視景描繪成某種「出世」精神，但面臨的卻是「懸崖」的險境。可以說整首詩不斷穿插在入殮師對死亡的無效美化（以「粉飾妝容」為目標）和對生命的創傷性情動力（「取出過帶咬痕的結石」、「散落的心跳與四肢再度聚合」、「撫平火山」……等行為）之間。無論如何，對死亡的美妝也無法替代對生命及其創傷的敏銳感知，甚至表面上致死的行為也反而是向人間的回返（「利用謀殺時間的空隙隱入紅塵」）。直到這首詩的結尾處，我們更是進入了一個哪怕是幻聽的鮮活場景：「時而暴烈如星塵風暴／時而輕柔如花骨朵般打開的／心跳——」。本詩整體而言有相當大的密度，但情緒的撕扭並未建立在過於拗口的文字上；詩的節奏仍然是暢通甚至明快

的，使得常態的抒情語調與辛辣的文字效果同樣形成衝突性對比。

經典評註

欲望的永恆途中
論｜陳克華〈今生〉

今生

陳克華

我清楚看見你由前生向我走近
走入我的來世
再走入我來世的來世
可是我只有現在。每當我
無夢地醒來
便擔心要永久地錯過
錯過你，呵——
我想走回到錯誤發生的那一瞬
將畫面停格
讓時間靜止

你永遠是起身離去的姿勢
我永遠伸手向你

楊小濱短論 ‖ 欲望的永恆途中

　　心中的所愛，被看作是無盡的時間脈絡中不斷糾纏，無法忘懷的形象。這樣一個形象，卻往往會和「我」在「今生」裡擦肩而過。「我」試圖留住過去那個美好的瞬間，不讓它溜走。之前的動態影像轉化成最後兩行的靜態畫面：時間停止了，然而，我反而將永遠夠不到所愛的人。

　　我們往往想要把握住當下，而這首詩卻表達了對當下的懷疑。當下不但無法聚合起過去和未來，反而，當下的意念也會變成僅僅是無法完成的僵化姿態。這首詩展示了一種願望達成的不可能：想要抓住流逝的美好，卻停止在「想要」的過程之中。一旦抵達，欲望便不復存在。因此，欲望只能在欲望著的永恆途中。

都市現代性的誘惑與斷裂

論｜陳東東〈時代廣場〉

時代廣場

陳東東

細雨而且陣雨，而且在
鋥亮的玻璃鋼夏日
強光裡似乎
真的有一條時間裂縫

不過那不礙事。那滲漏
未阻止一座橋冒險一躍
從舊城區斑斕的
歷史時代，奮力落向正午

新岸，到一條直抵
傳奇時代的濱海大道

玻璃鋼女神的燕式髮型
被一隊翅膀依次拂掠

雨已經化入造景噴泉
軍艦鳥學會了傾斜著飛翔
朝下，再朝下，拋物線繞不過
依然鋥亮的玻璃鋼黃昏

甚至夜晚也保持鋥亮
晦暗是偶爾的時間裂縫
是時間裂縫裡稍稍滲漏的
一絲厭倦，一絲微風

不足以清醒一個一躍
入海的獵豔者。他的對象是
鋥亮的反面，短暫的雨，黝黑的
背部，有一橫曬不到的嬌人

白跡，像時間裂縫的肉體形態
或乾脆稱之為肉體時態
她差點被吹亂的髮型之燕翼
幾乎拂掠了歷史和傳奇

楊小濱短論 ‖ 都市現代性的誘惑與斷裂

　　有著「鋥亮」面貌的「玻璃鋼」，或許是現代化城市最具代表性的視覺形象，這種符號也是現代化的歷史時間的典型符號。但詩人把閃亮的強光看作是「時間裂縫」，似乎是具有斷裂性的歷史之劍影。在這裡，具有跨度的「橋」被看作一種歷史時間的象徵，從舊城區「一躍」到新城區。自然的雨被人工的噴泉收容，鳥的航線也飛不過人工化的黃昏。不管是否令人愉悅，「厭倦」和「微風」是自然的，在人工化城市之外的，只有在截斷歷史的「時間裂縫」中才能「滲漏」出來而被感受到。「入海的獵豔者」是在尋找陸地的反面，也就是城市的「鋥亮的反面」。「入海」、「獵豔」，象徵著對原始狀態的追索。把「時間裂縫」又稱作「肉體時態」，明確了作為人性的「肉體」可以成為歷史「時間」狀態的某種指涉，用「亂」的方式切入整一化的、以「玻璃鋼」的非人性化面目為代表的現代歷史。

　　陳東東對上海城市的書寫往往具有表面的浪漫主義色彩和實質上的現代主義精神，那些俏麗的、耀眼的詞語不是對城市的裝點，而是對它的肆意塗抹。在這首詩裡，城市意象／符號既是作為現代化歷史進程的一個節點（甚至終點）出現的，又是作為這個歷史進程的一個斷裂出現的，凸顯了現代性自身的反諷意蘊。似乎只有在那種非人性的亮度的背後，詩人才能捕捉到那種嬌美的、撲飛的誘惑。但詩人卻又用「乾脆」、「差點」、「幾乎」這樣的詞語避免了絕對化、單向化的傾向。

除了隕落，沒有什麼是壯美的
論｜歐陽江河〈落日〉

落日

歐陽江河

落日自咽喉湧出，
如一枚糖果含在口中。
這甜蜜、銷魂、唾液周圍的跡象，
萬物的同心之圓、沉沒之圓、吻之圓
一滴墨水就足以將它塗掉。
有如漆黑之手遮我雙目。

哦疲倦的火、未遂的火、隱身的火，
這一切幾乎是假的。
我看見毀容之美的最後閃耀。

落日重重指涉我早年的印象。
它所反映的恐懼起伏在動詞中，

像抬級而上的大風颳過屋頂，
以微弱的姿態披散於眾樹。
我從詞根直接走進落日，
他曾站在我的身體裡，
為一束偶爾的光暈眩了一生。

落日是兩腿間虛設的容顏，
是對沉淪之軀的無邊挽留。
但除了末日，沒有什麼能夠留住。
除了那些熱血，沒有什麼正在變黑
除了那些白骨，沒有誰曾經是美人
一個吻使我渾身冰涼。
世界在下墜，落日高不可問。

楊小濱短論 ‖ 除了隕落，沒有什麼是壯美的

「同心之圓」一語，將落日置於世界的中央。「吻之圓」，又將落日比作天地陰陽交合的太一的象徵。但下文卻筆鋒一轉，消解了所有的完美和終極。太陽作為語言的、意識形態的符號成為自我的內在，也迷惑了人的一生。由太陽，或許聯想到了陽物。但是它已經頹萎，只能作為符號的「虛設」。令人「渾身冰涼」的（原本是溫暖或熱烈的）吻，用來指涉黃昏時令人感覺涼下來的（原本應當是熾熱灼燒的）落日。

這首詩結合了抒情和陳述，充滿了各種似是而非的隱喻，諸如糖果、火、吻……，也可以說是由落日來聯想各種即將逝去的美。歐陽江河善於營造互相矛盾衝突的語詞和感受。落日既是壯美，又是壯美的隕落。因此才有了那三行「除了……沒有……」：似乎只有美本身才蘊含了美的死亡。歐陽江河的詩常常帶有各種武斷的陳述。這種武斷也可以說是對無常自然和嚴酷歷史的有力揭示。

生活空間的抽象化展演

論｜零雨〈我的記憶是四方形〉

我的記憶是四方形

零雨

把我丟在箱子裡
那人走了

關於世界
我的記憶是四方形
關於榮譽。也是
愛情——蜷縮在角落
也是的

外面的世界，有關的傳說
是這樣的：也日漸變成
四方形
那麼就給我一杯四方形

咖啡，給我一頓四方形
早餐。黃昏，必然也是
四方形。萬一落日也生
成四方形，我的抽屜就
日趨完整

那人向我走來
打開箱子
我的世界跟他的世界
沒有兩樣
我還是留在箱子裡
我說
他的眼神惶惑如昔
不知該走向哪隻箱子

楊小濱短論 ‖ 生活空間的抽象化展演

　　把遺棄感（丟）和窒息感（箱子裡）扭合在一起，簡單而有力。由於生活空間被固定了形狀，這種形狀成為生活狀態的抽象空間，並且統治了生活的各個方面。這裡營造了一個超現實的荒誕景象：吃的、喝的、天氣、風景以及整個世界都變成了一律方整的形狀，給人異常的壓抑感。最後，當「解放」到來的時刻，壓抑的空間卻成為業已習慣了的，離不開的地方。

　　零雨的詩往往具有很強烈的舞臺表演特徵，這首詩令人想起貝克特戲劇中住在垃圾桶裡的人物。用四方形、箱子來象徵生存的逼仄，體現了現代主義詩學的抽象空間。整首詩所探討的正是人與這種空間的種種關係。這首詩深入地揭示了外在壓制與內在壓抑的辯證法。外在壓制的解除或許指日可待，但內在壓抑往往是更為痛切的，令人難以自拔的。

愛才是更熾烈的陽光
論｜嚴力〈我和太陽之間隔著一個你〉

我和太陽之間隔著一個你

嚴力

我和太陽之間隔著一個你
你擁有兩種光芒
你將感受我和太陽
誰的目光更亮更癡迷
我和太陽都與你保持著
春天所需要的距離
你四季如春
從來沒有青黃不接的憂慮
我和太陽之間隔著一個你
你面朝著太陽
背對著我
你雖然背對著我
但你遲早會發現

你腳下的影子
直直地
朝向太陽

楊小濱短論 ‖ 愛才是更熾烈的陽光

　　把懷有熾熱愛情的「我」想像成像太陽一樣亮堂的光源，當然，還有太陽所沒有的執著不移。「春天所需要的距離」，指的是溫暖所需要的恰當距離感，它不會造成酷熱或嚴寒。直到這裡，我們才發現「你」朝向的並不是「我」，但這裡詩的情緒並不低調。或許，只有背朝向「我」，才可以看見「我」照出的影子，才得以感受到，來自我的愛的光芒比太陽光更亮。

　　詩人嚴力也是一位畫家，本詩的畫面感非常強烈，營造了一個簡單而超現實的場景。嚴力創造了一個悖論：在朝向光明的時刻，卻發現面對的是陰影，而更光明的其實來自另一個方向。可以肯定的是，詩的創造與上帝的創造是類似的，不需要證明，不需要原因或條件。詩人要他的愛比太陽更亮，於是就比太陽更亮。

笑聲下的暴力

論｜楊煉〈森林中的暴力〉

森林中的暴力

楊煉

糾纏的被扭斷的脖子上　　天空豎起翻領

口號還在冒煙　　天空已開始吃肉

樹林低下頭　　而天空遠遠地笑

木樁堆著　　天空忘記了

這是你每天看見的暴力

群居的綠色的腳

一陣死寂又一陣死寂地走向死後

聽到天空　　滿意地在背後填土

雷雨　　把你變成一塊濕漉漉的案板

刀剁在腰上多麼悅耳

陽光的唱針劃破年輪　　不再刺耳

樹身　　努力接近了廢棄的真實

這是每天的暴力

天空　砍伐森林因為它正變成人
因為人每天不流血
像你欣賞著　寧靜中自己不停地抽搐
這是每天

楊小濱短論 ‖ 笑聲下的暴力

「被扭斷的脖子」指的是砍伐的樹木，而天空「豎起翻領」的姿態顯示出傲慢。「遠遠地笑」，突出了暴力的無情。比起那種狂怒式的暴力，「笑」顯得更加陰險。剁在腰上的聲音之「悅耳」（具有強烈的反諷意涵），要比「刺耳」更恐怖。往往是因為只有壓制生命的成長，暴力才能減少對暴力本身的威脅。

楊煉這首詩在各種奇特的隱喻下，控訴了人類以砍伐森林來毀滅自然生命的暴行。詩人營造了一種末日般的氣氛，用令人痛楚的詞語「扭斷」、「吃肉」、「剁」、「抽搐」等給予讀者具體的痛感。雖然描寫的是森林砍伐，這首詩也可以讀作是對一般暴力的揭示，因為這樣的暴力不僅存在於人與自然之間，也存在於人類自身之間。因此暴力也成為楊煉詩歌的時常出現的主題。

矛盾修辭中的失落與甜蜜
論｜鄭愁予〈錯誤〉

錯誤

鄭愁予

我打江南走過
那等在季節裡的容顏如蓮花的開落

東風不來，三月的柳絮不飛
你底心如小小寂寞的城
恰若青石的街道向晚
跫音不響，三月的春帷不揭
你底心是小小的窗扉緊掩

我達達的馬蹄是美麗的錯誤
我不是歸人，是個過客……

楊小濱短論 ‖ 矛盾修辭中的失落與甜蜜

口語化的「打」字，既隨意，又親切。如果用「從」，則會流於平淡，疏遠。這一行以「風」和「柳絮」來暗喻欲動未動的心理狀態，並且字字珠璣，盡顯漢語語法精簡而含蓄的魅力。如果譯成西方語言，必定要加上連接虛詞「如果……，就……」，就會顯得囉嗦。「跫音不響」一行也是。「向晚」放在句末，給出一種意猶未盡。如按通常的句法寫，「恰若向晚的青石街道」，則意蘊盡失。最後兩行是漢語現代詩少見的名句，「美麗的錯誤」也可能已經成為漢語中用得最多的矛盾修辭語彙。

和許多傳誦千古的詩作一樣，〈錯誤〉一詩的魅力來自某種捉摸不透的氣氛。它一方面總結道，美麗並不永遠是美好的；另一方面卻又告訴我們，失落卻往往包含了內心的甜蜜。「錯誤」所指究竟為何？注家歷來有不同說法，有說是少婦（「你」）對歸人的誤認，更多的說是指浪子（「我」）對「你」的拋離。但不管是期待與現實之間的錯近，還是後悔未能把握的過去，「錯誤」所蘊含的多義性是這首詩引人入勝的奧秘。從某種意義上說，「歸人」感總是暫時的，「過客」感卻是永恆的。難道我們不是永遠處在一個接一個的事件與過程中，同時體驗著美麗和錯誤，而無法回到最原初的寧靜中去嗎？

借古諷今的歌謠
論｜李亞偉〈蘇東坡和他的朋友們〉

蘇東坡和他的朋友們

李亞偉

古人寬大的衣袖裡
藏著紙、筆和他們的手
他們咳嗽
和七律一樣整齊

他們鞠躬
有時著書立說，或者
在江上向後人推出排比句
他們隨時都有打拱的可能

古人老是回憶更古的人
常常動手寫歷史
因為毛筆太軟

而不能入木三分
他們就用衣袖捂著嘴笑自己

這些古人很少談戀愛
娶個叫老婆的東西就行了
愛情從不發生三國鼎立的不幸事件
多數時候去看看山
看看遙遠的天
坐一葉扁舟去看短暫的人生

他們這些騎著馬
在古代彷徨的知識份子
偶爾也把筆扛到皇帝面前去玩
提成千韻腳的意見
有時採納了，天下太平
多數時候成了右派的光榮先驅

這些乘坐毛筆大字兜風的學者
這些看風水的老手
提著賦去赤壁把酒
挽著比、興在楊柳岸徘徊
喝酒或不喝酒時
都容易想到淪陷的邊塞
他們慷慨悲歌

唉，這些進士們喝了酒

便開始寫詩

他們的長衫也像毛筆

從人生之旅上緩緩塗過

朝廷裡他們硬撐著瘦弱的身子骨做人

偶爾也當當縣令

多數時候被貶到遙遠的地方

寫些傷感的宋詞

楊小濱短論 ‖ 借古諷今的歌謠

　　七律，那種每首八行每行七字的整齊格律，象徵著古代的社會文化秩序。在這種秩序下，連咳嗽都必須整齊起來，當然是一種誇張的修辭。李亞偉善於在詩中活用（或故意誤用）成語。這裡，「不能入木三分」的原因與其說是歸結於毛筆的柔軟，不如說是歸結於傳統文化批判性的不徹底。或者說，毛筆的柔軟隱喻了整體的傳統文化的柔弱。古代的士人都是文人墨客，故而詩人想像他們用押韻的美文來進諫。但政治卻不需要美文，權力每每造成文人的悲劇。古代文人墨客的遭遇和現代知識份子的遭遇相呼應，形成了他們共同的辛酸史。「賦、比、興」是古典詩歌常用的手法。這裡，詩人把這些能夠信手拈來的修辭策略具體化甚至擬人化，比作可隨身攜帶的貼身之物或人。「赤壁」的典故出自蘇東坡的〈赤壁賦〉和〈念奴嬌・赤壁懷古〉，「楊柳岸」的典故出自柳永的詞〈雨霖鈴〉。蘇東坡由於參與朝廷政事而觸怒皇帝，一生中多次被貶謫，先是徐州，再是杭州，再是山東蓬萊，然後是廣東惠州，最後是天涯海角的海南島。

　　李亞偉的詩大多具有一定的幽默風格，這首也不例外。在他的筆下，那些整齊地咳嗽、把筆扛到皇帝面前、硬撐著瘦弱的身子骨的文人墨客，受到了既同情又尖銳的調侃。李亞偉的詩也往往具有含蓄的批判性。這首詩反映了中國1980年代「文化熱」中對傳統文化的反思，對傳統文人境遇以至於現代知識份子境遇的探察。從這首詩中我們也可以看出，詩

的批判不是通過說理，而是通過各種修辭手段——明喻、暗喻、誤喻、誇張、突降、擬人——等來引發更獨特的效果與思考。

另一個我說了誰的話？
論｜夏宇〈腹語術〉

腹語術

夏宇

我走錯房間
錯過了自己的婚禮。
在牆壁唯一的隙縫中，我看見
一切進行之完好。他穿白色的外衣
她捧著花，儀式、
許諾、親吻
背著它：命運，我苦苦練就的腹語術
（舌頭那匹溫暖的水獸　馴養地
在小小的水族箱中　蠕動）
那獸說：是的，我願意。

楊小濱短論 ‖ 另一個我說了誰的話？

　　腹語術，通常是指這樣一種能力：使自己的聲音從另外的物體或另外的人那裡發出。兩個「錯」字，定下了全詩的基調：交錯、錯位。我看見的她，其實不外乎是我自己。看見自己，好像自己是另一個人。西文中有一個源自德語的詞Doppelgänger（英語也稱為alter ego），指的就是複製的自我，一個幽靈般的自己。必須注意這個具有原初野性的「獸」（作為原始狀態的舌頭或語言）是如何被「馴養」，並且說出「我願意」。

　　這首詩寫的是一個少女在結婚的那一刻突然分裂成兩個自我，其中一個（靈魂）可能差於或不甘心陷入婚姻的陷阱，卻看見另一個（肉體）已經按部就班地完成了所有的婚禮程序。另一個自我發出的聲音，不管如何不甘，實際上卻正是這個自我的聲音，彷彿這個自我的青春蠻性（獸）在社會化的過程中獲得了馴服（屈從於婚禮，並且以「我願意」來回應）。夏宇的詩往往顯示了俏皮的睿智，又含有不可解的矛盾。自我與自我之間的錯位用如此簡潔、流暢的旋律表達出來，充滿張力，值得再三誦讀。

撤離或降落的疑惑
論｜余剛〈這是個問題〉

這是個問題

余剛

我只想跳下去
從任何地方

我與人們不同的
也許就在這裡

我始終認為
最美的事物在底部

但我站立的地方
已經是所有地方最低的了

還要往哪裡跳？

楊小濱短論 ‖ 撤離或降落的疑惑

　　標題的句式讓人自然聯想起哈姆雷特關於生存的著名問題，給全詩定了一個沉思的基調。先引起讀者的驚醒（或警醒）：「跳下去」的姿態似乎給人一種棄世的決絕感。但詩人筆鋒一轉，才讓人意識到「跳下去」的含義可能並非自絕於人世，反倒是尋找沉澱在底層的理想性。最後再度扭轉了先前的陳述：「跳下去」的想法終究無法實現，不是沒有勇氣，不是沒有理想，而是無處可跳。

　　此詩一波三折，凝縮了可能是一瞬間內的豐富而矛盾的思想軌跡，可謂奇妙。不能不注意到詩中詞語的多義性：「跳下去」，本來似乎是離世的行為，卻又被解釋成是一種落地的、向世的姿態。而「底部」，既是追求的目標，又是現實的所在。余剛這首詩逆轉了理想主義象徵的基本規範：在這裡，是底部（根基、底層、深處），而不是高處（天國、未來），被看作是最美的。但正因為此，這裡的根本難題使得「我」迷茫於追尋的不可能。

釀文學246　PG2504

 朝向漢語的邊陲
　　　　──當代詩敘論與導讀

作　　者	楊小濱
責任編輯	鄭伊庭
圖文排版	蔡忠翰
封面設計	蔡瑋筠

出版策劃	釀出版
製作發行	秀威資訊科技股份有限公司
	114 台北市內湖區瑞光路76巷65號1樓
	電話：+886-2-2796-3638　傳真：+886-2-2796-1377
	服務信箱：service@showwe.com.tw
	http://www.showwe.com.tw
郵政劃撥	19563868　戶名：秀威資訊科技股份有限公司
展售門市	國家書店【松江門市】
	104 台北市中山區松江路209號1樓
	電話：+886-2-2518-0207　傳真：+886-2-2518-0778
網路訂購	秀威網路書店：https://store.showwe.tw
	國家網路書店：https://www.govbooks.com.tw
法律顧問	毛國樑　律師
總 經 銷	聯合發行股份有限公司
	231新北市新店區寶橋路235巷6弄6號4F
	電話：+886-2-2917-8022　傳真：+886-2-2915-6275

出版日期	2021年6月　BOD一版
定　　價	420元

讀者回函卡

國家圖書館出版品預行編目

朝向漢語的邊陲：當代詩敘論與導讀 / 楊小濱著. --
　一版. -- 臺北市：釀出版, 2021.06
　　面；　公分. -- (釀文學)
　BOD版
　ISBN 978-986-445-466-2(平裝)

　1.中國詩 2.詩評 3.文集

821.886　　　　　　　　　　　　　　110005863